NOITE POLAR

Michelle Paver

NOITE POLAR
Uma história de fantasmas

Tradução de
RYTA VINAGRE

Título original
DARK MATTER
A Ghost Story

Primeira publicação na Grã-Bretanha em 2010 pela Orion Books Ltd,
Orion House, 5 Upper St Martin's Lane, London WC2H 9EA.

Copyright © Michelle Paver, 2010

O direito de Michelle Paver de ser identificada como autora desta obra foi assegurado por ela em conformidade com o Copyright, Designs and Patents Act 1988.

Todos os direitos reservados.
Nenhuma parte desta obra pode ser reproduzida ou transmitida por qualquer forma ou meio eletrônico ou mecânico, inclusive fotocópia, gravação ou sistema de armazenagem e recuperação de informação, sem a permissão escrita do editor.

Todos os personagens neste livro são fictícios e qualquer semelhança com pessoas reais, vivas ou não, é mera coincidência.

Direitos para a língua portuguesa reservados
com exclusividade para o Brasil à
EDITORA ROCCO LTDA.
Av. Presidente Wilson, 231 – 8º andar
20030-021 – Rio de Janeiro – RJ
Tel.: (21) 3525-2000 – Fax: (21) 3525-2001
rocco@rocco.com.br
www.rocco.com.br

Printed in Brazil/Impresso no Brasil

preparação de originais
NATALIE ARAÚJO LIMA

CIP-Brasil. Catalogação na fonte.
Sindicato Nacional dos Editores de Livros, RJ.

P365n	Paver, Michelle, 1960- Noite polar: uma história de fantasmas/Michelle Paver; tradução de Ryta Vinagre. – Rio de Janeiro: Rocco, 2013. Tradução de: Dark Matter. ISBN 978-85-325-2851-3 1. Ficção de terror americana. I. Vinagre, Ryta. II. Título.
13-00936	CDD-813 CDU-821.111(81)-3

Embleton Grange

Cumberland

24 de novembro de 1947

Prezado dr. Murchison

Perdoe-me por responder tardiamente a sua carta. O senhor e eu certamente entendemos o motivo de minha dificuldade em considerar com algum prazer as suas indagações. Para ser franco, o senhor evocou lembranças dolorosas que tentei esquecer por 10 anos. A expedição aleijou um amigo meu e matou outro. Não é algo que me agrade revisitar.

O senhor mencionou trabalhar num tratado sobre "distúrbios fóbicos", do que depreendo referir-se a medos anormais. Lamento não poder lhe dizer nada que seja de algum auxílio. Além disso, não vejo como o "caso" (assim o senhor coloca) de Jack Miller possa fornecer material adequado para tal trabalho.

Em sua carta, o senhor admite que pouco conhece de Spitsbergen, ou de qualquer outro lugar no que se costuma chamar de Alto Ártico. Isto é previsível. Poucas pessoas conhecem. Perdoe-me, porém, se questiono como, então, proporia o senhor compreender o que pode levar um homem a passar o inverno lá. Bater-se com a solidão e a desolação; sim, mesmo com os muitos confortos proporcionados por nossa era moderna. Sobretudo, suportar a escuridão sem fim.

E, como ditaram as circunstâncias, foi uma infelicidade de Jack ficar lá sozinho.

Não creio que um dia venhamos a saber a verdade sobre o que houve em Gruhuken. Sei o bastante, porém, para estar convencido de que aconteceu algo terrível. E, fosse o que fosse, dr. Murchison, foi real. Não foi o resultado de um distúrbio fóbico. A este respeito, acrescentaria que, antes de entrar na política, realizei alguns anos de estudos nas ciências e sinto-me, assim, qualificado em duas frentes para ser considerado um juiz crível das provas. De mais a mais, nunca ninguém duvidou de minha sanidade mental, nem propôs incluir meu "caso" num tratado.

Não sei como o senhor tomou conhecimento de que Jack Miller manteve um diário da expedição, mas tem razão, ele o fez. Eu o vi escrever várias vezes. Costumávamos zombar de Jack por isto e ele reagia com bom humor, embora nunca tenha nos mostrado seu conteúdo. Sem dúvida o diário, como o senhor sugere, explicaria muito do que houve; mas não sobreviveu e não posso perguntar pessoalmente a Jack.

Assim, receio ser incapaz de ajudá-lo. Desejo-lhe sorte em seu trabalho. Mas devo lhe pedir para que não volte a apelar a mim.

Atenciosamente
Algernon Carlisle

— I —

Diário de Jack Miller
7 de janeiro de 1937

Está tudo acabado, eu não vou.

Não posso passar um ano no Ártico com este grupo. Marcaram "reunião para um drinque", torturaram-me num interrogatório e deixaram muito claro o que pensam de um egresso do ensino profissionalizante diplomado em colégio universitário. Amanhã escreverei e lhes direi onde colocar sua maldita expedição.

O olhar que me lançaram quando entrei naquele pub. Ficava longe da Strand, portanto não era meu paradeiro habitual e estava repleto de profissionais liberais abastados. Um cheiro de uísque e um bafo de charutos caros. Até o barman tinha um ar superior.

Os quatro sentavam-se a uma mesa de canto, observando-me abrir caminho até eles. Usavam calças Oxford e casacos de tweed com aquela aparência elegantemente gasta que só se adquire nos fins de semana em casas de campo. Eu, com meus sapatos surrados e meu terno da Burton de seis guinéus. Depois vi as bebidas na mesa e pensei: Meu Deus, terei de pagar uma rodada e só tenho um florim e uma moeda de três *pence*.

Trocamos cumprimentos e eles relaxaram um pouco quando perceberam que minha pronúncia era correta, mas eu estava ocupado perguntando-me se poderia pagar as bebidas e levei algum tempo para entender quem era quem.

Algie Carlisle é gordo e sardento, com cílios claros e cabelo ruivo-areia; é um seguidor e não um líder, depende que seus camaradas lhe digam o que pensar. Hugo Charteris-Black é magro e moreno, tem o rosto de um Inquisidor ansiando por acender um fósforo em outro herético. Teddy Wintringham tem olhos esbugalhados e creio que os considera penetrantes. E Gus Balfour é um belo herói louro saído das narrativas para adolescentes de *The Boy's Own Paper*. Todos em meados dos 20 anos, mas ávidos por aparentar mais idade; Carlisle e Charteris-Black com seus bigodes, Balfour e Wintringham com cachimbos presos entre os dentes.

Eu sabia que não tinha chance, assim, pensei, ao inferno com isso, aja com a mais pura franqueza: ofereça-se como um cordeiro ao sacrifício (se os cordeiros souberem rosnar). E assim agi. Bexhill Grammar, bolsista no University College. O completo desmoronamento de meus sonhos de me tornar físico, seguido por sete anos como escriturário de exportação na Marshall Gifford.

Eles ouviram em silêncio, mas eu os via pensar. *Bexhill, pavorosamente classe média; todas aquelas moradias numa medonha imitação Tudor perto do mar. E University College... Não é exatamente Oxbridge, não?*

Gus Balfour perguntou sobre a Marshall Gifford e falei:
– Produzem material de escritório de alta qualidade, exportam para o mundo todo. Senti-me redimido. Deus Todo-poderoso, Jack, você parece o sr. Pooter.
E então Algie Carlisle, o roliço, perguntou se eu sabia atirar.
– Sim – respondi com ar decidido. (Bem, eu *sei* atirar, graças ao velho sr. Carwardine, autoridade – aposentada – no Protetorado da Malásia, que costumava me levar aos Downs para caçar coelhos; mas este grupo não está acostumado a esse uso de armas.)
Sem dúvida Carlisle pensava o mesmo, porque perguntou com forte desconfiança se eu tinha minha própria arma.
– Rifle padrão de serviço – respondi. – Nada de especial, mas funciona OK.
Isso induziu a um estremecimento coletivo, como se nunca tivessem ouvido gírias na vida.
Teddy Wintringham mencionou a radiotelegrafia e perguntou se eu conhecia meu ofício. Respondi que devia pensar que sim, depois de seis anos de escola técnica noturna, nos cursos geral e avançado; queria algo prático que me mantivesse em contato com a física. (Mais sr. Pooter. Pare de *parvoíces*.)
Wintringham abriu um leve sorriso, para meu desconforto.
– Não faço ideia do que nada disso significa, meu velho. Mas soube que precisamos muito de alguém como você.
Eu lhe ofereci um sorriso animado e imaginei abrir um buraco em seu peito com o dito rifle.
Talvez não tenha sido tão animado, porém, porque Gus Balfour – o Ilustre Augustus Balfour – sentiu que as coisas saíam dos trilhos e passou a me falar da expedição.

– Os objetivos são dois – começou ele, muito fervoroso, aparentando mais do que nunca um herói adolescente. – Primeiro, estudar a biologia, a geologia e a dinâmica do gelo do Alto Ártico. Para este fim, estabeleceremos um acampamento-base na costa e outro na própria calota de gelo... Para tanto, precisaremos de uma equipe de cães. Segundo, e mais importante, um levantamento meteorológico, transmitindo observações três vezes ao dia durante um ano ao sistema de previsão do tempo do governo. Para tal, conseguiremos o auxílio do Almirantado e do Departamento de Guerra. Eles parecem acreditar que nossos dados serão de utilidade se... Bem, se houver outra guerra.

Houve uma pausa desagradável e vi que ele esperava que não nos desviássemos para uma discussão da situação na Espanha e a neutralidade dos Países Baixos.

Dando as costas à política mundial, eu falei.

– E pretendem realizar tudo isso com apenas cinco homens?

Isto suscitou olhares severos dos outros, mas Gus Balfour não me levou a mal.

– Entendo que é uma enorme tarefa. Mas, veja bem, já pensamos nisso. O plano é que Algie seja o caçador-chefe, condutor dos cães e geólogo. Teddy, fotógrafo e médico. Hugo, o glaciologista para o que diz respeito à calota. Todos nós daremos uma mão na meteorologia. Serei o biólogo e, hum, líder da expedição. E você será – ele se interrompeu com um riso pesaroso –, desculpe, *esperamos* que seja nosso homem das comunicações.

Ele parecia genuinamente disposto a me conquistar e não pude deixar de me sentir lisonjeado. Então Hugo Charteris-

Black, o Inquisidor, estragou tudo querendo saber por que eu queria ir, e se eu tinha absoluta certeza de compreender no que estava me envolvendo.

– Tem noção de como será o inverno? – disse ele, fixando em mim os olhos pretos como carvão. – Quatro meses de escuridão. Acredita que suportará?

Cerrei os dentes e lhe disse que por isso eu queria ir: pelo desafio.

Ah, dessa eles gostaram. Espero que seja esse tipo de coisa que ensinam na escola pública. Dei graças por não ter contado o verdadeiro motivo. Eles ficariam mortificados se eu dissesse que estava desesperado.

Não pude adiar mais o pagamento da rodada. Um quartilho de cerveja para Algie Carlisle, Teddy Wintringham e Hugo Charteris-Black (vão-se sete pennies), meio para mim (mais três pennies e meio). Eu pensava que não conseguiria quando Gus Balfour disse, "Para mim, nada". Falou de forma muito convincente, mas eu sabia que tentava ajudar-me. Envergonhei-me por isto.

Em seguida, tudo ficou bem por algum tempo. Bebemos nossos drinques e Gus Balfour olhou de banda os outros, assentiu e disse-me:

– E então, Miller. Quer se juntar a nossa expedição?

Creio ter engasgado um pouco.

– Hum, sim – respondi. – Sim, eu pensaria que sim.

Os outros meramente demonstraram alívio, mas Gus Balfour parecia genuinamente deliciado. Dava-me tapinhas nas costas, dizendo, "Muito bem, muito bem!". Não creio que estivesse fingindo.

Depois disso marcamos nossa próxima reunião, eu me despedi e fui para a porta. Mas, no último minuto, olhei por sobre o ombro – e pude ver a careta de Teddy Wintringham e o dar de ombros fatalista de Algie Carlisle. *Não é exatamente um* sahib, mas suponho que terá de servir.

É estupidez ter tanta raiva. Eu queria marchar de volta e esmagar suas caras presunçosas nas bebidas de preço exagerado. Sabem o que é ser pobre? Esconder os punhos da camisa, passar tinta nos buracos das meias? Saber que fede porque não pode pagar mais de um banho por semana? Pensam que gosto disto?

Entendi então que era inútil. Eu não poderia participar desta expedição. Se não conseguia tolerá-los por algumas horas, como suportaria um ano inteiro? Eu acabaria por matar alguém.

Mais tarde

Jack, que diabos está fazendo? Que diabos está fazendo?

Ao seguir para casa, o *fog* no Embankment era terrível. Ônibus e táxis passavam rastejando, abafando os gritos dos jornaleiros. As luzes de rua eram apenas poças amareladas e turvas, sem nada iluminar. Meu Deus, odeio o *fog*. O fedor, os olhos lacrimejando. O gosto na garganta, como de bile.

Havia uma multidão na calçada, então parei. Olhavam um corpo sendo retirado do rio. Alguém disse que devia ser outro pobre coitado que não encontrou trabalho.

Reclinando-me no parapeito, vi três homens em uma barcaça içando ao convés uma trouxa de roupas encharcadas. Distingui uma cabeça redonda e molhada, e um braço rasgado por um dos arpões. A carne era esfarrapada e cinzenta, parecia borracha podre.

Não fiquei horrorizado, já havia visto um cadáver. Fiquei curioso. Fitando as águas negras, perguntei-me como muitos outros tinham morrido ali, e por que não havia mais fantasmas?

Seria de se pensar que o breve encontro com a mortalidade colocaria tudo em perspectiva, mas não é assim. Eu ainda estava perturbado ao chegar à estação do metropolitano. Na realidade, tão furioso estava que deixei passar minha parada e tive de sair em Morden e voltar a pé a Tooting.

O *fog* era mais denso em Tooting. Sempre é. Andando às cegas pela rua, senti-me o último homem vivo na Terra.

A escada para o terceiro andar tinha cheiro de repolho cozido e desinfetante. O frio era tanto que eu via minha respiração.

Meu quarto não estava melhor, mas minha ira mantinha-me aquecido. Peguei o diário e desabafei tudo. Ao inferno com eles, eu não irei.

Isso já faz algum tempo.

Meu quarto é enregelante. O bico de gás lança um tremeluzir aquoso que estremece sempre que o bonde passa trovejando. Não tenho carvão, tenho dois cigarros e dois pennies e meio que devem durar até meu pagamento. Minha fome é tanta que meu estômago desistiu de roncar por saber que faz isso em vão. Estou sentado em minha cama, de sobretudo. Tem cheiro de *fog*. E da jornada que venho fazendo duas vezes ao dia, seis dias na semana, por sete anos com toda aquela gente cinzenta. E da Marshall Gifford, onde me chamam de "colegial" porque tenho diploma e onde, a três libras por semana, registro remessas de papel a lugares que jamais verei.

Tenho 28 anos e abomino minha vida. Nunca tive tempo nem energia para planejar sua mudança. Aos domingos, ando por museus para me aquecer, perco-me numa biblioteca ou ocupo-me com o rádio. Mas a segunda-feira já assoma. E sempre sinto este pânico em meu íntimo, porque sei que não irei a lugar nenhum, limito-me a me manter vivo.

Presa acima do consolo da lareira há uma imagem chamada "Uma cena polar", recortada do *Illustrated London News*. Uma terra vasta e nevada e um mar negro pontilhado de icebergs. Uma barraca, um trenó e alguns cães husky. Dois homens de traje Shackleton com os pés sobre uma carcaça de urso-polar.

Esta imagem tem nove anos. Nove anos atrás, recortei do jornal e prendi acima do consolo da lareira. Eu estava no segundo ano da UCL e ainda sonhava. Seria cientista, partiria em expedições e descobriria as origens do universo. Ou os segredos do átomo. Não tinha certeza do quê.

É quando me ocorre: agora, olhando "Uma cena polar". Pensei no corpo no rio e disse a mim mesmo, Jack, seu *idiota*. Esta é a única oportunidade que terá na vida. Se a rejeitar, que sentido tem continuar? Mas um ano na Marshall Gifford e estarão pescando *você* do Tâmisa.

São cinco da manhã e os entregadores de leite passam chocalhando sob minha janela. Fiquei acordado a noite toda e me sinto esplêndido. Com frio, faminto, zonzo. Mas esplêndido.

Vejo constantemente a cara do velho Gifford: "Mas Miller, isto é loucura! Em alguns anos poderá ser supervisor de exportação!"

Ele tem razão, é loucura. Demitir-se de um emprego garantido numa época dessas? Um emprego *seguro* também. Se houver outra guerra, terei licença dos combates.

Mas não posso pensar nisso agora. Quando voltar, provavelmente *haverá* outra guerra, então poderei partir e lutar. Ou, se não houver, combaterei na Espanha.

É estranho. Creio que a guerra se aproxima, mas não sinto muito por isto. Só o que sinto é alívio por meu pai não estar vivo para ver. Ele jamais saberá que combateu a troco de nada na Guerra de Todas as Guerras.

E, como eu disse, isso não parece *real*. Pois este ano escaparei de minha vida. Verei o sol da meia-noite, ursos-polares e focas deslizando de icebergs na água verde. Irei ao Ártico.

Seis meses até navegarmos à Noruega. Passei toda a noite planejando. Pensando que logo posso entregar meu aviso-prévio e ainda sobreviver até julho. Vendo o catálogo de preços da Army & Navy, preparando o kit de viagem. Esbocei um plano de preparação física e uma lista de leituras, porque me ocorre que não sei muito sobre Spitsbergen. Apenas que é um punhado de ilhas a meio caminho entre a Noruega e o Polo, um pouco maior do que a Irlanda e coberta de gelo em sua maior parte.

Quando comecei este diário, estava convencido de que não sairia na expedição. Agora escrevo porque preciso registrar o exato momento em que decidi fazer isso. O corpo no rio. Se não fosse por aquele pobre cretino, eu não iria.

Deste modo, obrigado, cadáver sem nome, e espero que agora tenha paz, esteja onde estiver.

Irei ao Ártico.

Aquela imagem sobre o consolo, acabo de perceber. Há uma foca em primeiro plano. Todos esses anos e pensei ser uma onda, mas na realidade é uma foca. Posso distinguir a cabeça redonda e molhada saindo da água. Olhando para mim.

Creio que tomarei isto como um bom presságio.

— 2 —

24 de julho, Grand Hotel, Tromsø, norte da Noruega

Não queria escrever nada mais antes de chegarmos à Noruega, por medo de tentar o destino. Convenci-me de que algo aconteceria para frustrar a expedição. Quase frustrou. Dois dias antes da data marcada de nossa partida, o pai de Teddy Wintringham faleceu. Deixou uma mansão em Sussex, "alguma propriedade rural", um emaranhado de fundos de aplicação e alguns dependentes. O herdeiro estava "pavorosamente entristecido" (por conta da expedição, e não do pai), mas, embora se sentisse "péssimo" por isso, simplesmente não poderia ficar um ano fora, e assim teve de se retirar.

Os demais falaram em cancelar. Seria "responsável" partir sem um médico? Foi um esforço controlar minha irritação. Ao inferno com o que fosse "responsável", somos jovens e saudáveis! Além disso, se alguém adoecer, há um médico em Longyearbyen – que fica, digamos, a dois dias de viagem do acampamento.

Por acaso Hugo e Gus concordaram comigo, porque quando colocamos em votação, só o barril de banha do Algie foi contra. E como ele é a última pessoa a arriscar o próprio pescoço, recuou assim que percebeu que era voto vencido.

Depois disso, voltei ao meu quarto e vomitei. Em seguida peguei meu mapa de Spitsbergen. O mapa chama a região de "Svalbard", por ser este seu novo nome, mas todos usam o antigo, nome também da ilha maior. É para lá que vamos. Marquei nosso acampamento-base em vermelho. Ali, no extremo nordeste, na ponta de um promontório. Gruhuken. Gru-huken. Creio que "huken" denota gancho ou pontal. Não sei o que significa "Gru".

Não há nada ali. Só um nome no mapa. Adoro isso. E adoro o fato de que nenhuma das três expedições anteriores chegou a acampar ali. Quero que seja nosso.

Todos estavam nervosos no trem para Newcastle. Muitas piadas animadas da universidade, que não consegui acompanhar. Gus tentou explicá-las, mas só conseguiu que me sentisse ainda mais excluído. No fim ele desistiu e voltei a olhar pela janela.

A travessia no paquete postal a Bergen e na subida da costa da Noruega foi medonha, e Algie e Hugo ficaram mareados. Hugo vomitou elegantemente, como um gato, mas o gordo Algie respingou em toda a nossa bagagem. Gus limpava atrás dele sem se queixar; ao que parecia, eles eram grandes amigos desde a escola preparatória. Graças a Deus eu tinha um estômago de ferro, assim pelo menos não tive de me preocupar com enjoos. Mas toda noite eu rolava em meu beliche, sonhando estar de volta ao Marshall Gifford. Toda manhã despertava ensopado de suor e tinha de dizer a mim mesmo que não era verdade.

E agora aqui estamos, em Tromsø. Tromsø, de onde Amundsen partiu em seu hidroplano nove anos atrás e nunca mais foi visto. Tromsø: quase quinhentos quilômetros ao norte do Círculo Ártico. Meu primeiro encontro com o sol da meia-noite. Só que não havia nenhum. O chuvisco suave e penetrante levou dias para cessar. Tromsø é uma linda cidadezinha pesqueira: casas de madeira pintadas de vermelho, amarelo e azul, como blocos de armar infantis, e disseram-me que tem belas montanhas nevadas como fundo. Eu não poderia saber, nunca as vi. Mas não me importa. Amo tudo neste lugar, porque não é Londres. Porque sou livre. Amo o clamor das gaivotas e o mar batendo nas muretas do porto. Amo o ar salgado e o cheiro de alcatrão. Amo sobretudo esta luz suave, rala e incessante. Hugo disse que deve ser assim que os católicos imaginam o Purgatório e talvez ele tenha razão. Não há amanhecer e anoitecer. O tempo não tem significado. Saímos do mundo real e entramos numa terra de sonhos.

É claro que as gaivotas grasnam dia e noite, como se não soubessem a diferença, mas nem me importo com isso. Escrevo com as cortinas abertas na estranha "noite" perolada que não é noite. Não consigo dormir. A expedição está realmente acontecendo. Tudo que fazemos, *tudo*, só a torna mais real.

Eu tinha razão sobre Gus ser o herói de *Boy's Own*. Não tem aquele queixo quadrado e os olhos azul-claros à toa; ele leva a sério o papel de Líder da Expedição. Estranhamente, nada disso me é irritante; talvez porque eu tenha a sensação de que a expedição importa para ele quase tanto como para mim.

Meses atrás, ele arregimentou o vice-cônsul britânico daqui como nosso agente. Chama-se Armstrong e esteve ocupado. Fretou uma embarcação para nos levar a Gruhuken. Comprou carvão, botes e material de construção para nossa cabana e deixou tudo na costa, para ser recolhido mais tarde. Comprou um trenó e uma equipe de cães, e conseguiu permissão do governo da Noruega para passarmos o inverno. Até reservou quartos para nós no Grand Hotel – que *é* verdadeiramente grandioso. Ele também insistiu que déssemos uma palavra com nosso capitão, o sr. Eriksson, que tem certo problema com Gruhuken. Aparentemente, não pensa ser "correto" para um acampamento. Fico feliz em dizer que nenhum de nós está inclinado a discutir a questão com o sr. Eriksson, muito obrigado, e Gus tranquilamente o fez ter consciência disto. Escolhemos Gruhuken depois de semanas analisando os levantamentos de expedições anteriores. Não será um caçador de focas norueguês que atrapalhará nossos planos. Desde que nos leve lá em agosto, para que armemos o segundo acampamento na calota de gelo antes do inverno, ele pode considerar seu trabalho feito.

26 de julho

As quantias que gastamos são assustadoras!
Em Londres, Hugo se encarregou de angariar fundos e devo dizer que fez um bom trabalho. Ele tem uma capacidade quase advocatícia de convencer as pessoas, mascateou descontos

de firmas que esperam por endosso e convenceu o Departamento de Guerra a doar sem custo nenhum meu equipamento de radiotelégrafo. Todo o resto vem do Fundo da Expedição, composto de doações do Clube de Exploradores da Universidade, da Real Sociedade de Geografia e de "contribuintes individuais" (suspeito das tias), totalizando 3 mil libras. Gus disse que temos de "ser cautelosos", por isso compramos a maior parte dos bens na Noruega, por ser muito mais em conta ali; mas "ser cauteloso" não tem para ele o significado que tem para mim.

Em Newcastle, compramos o que não conseguiríamos na Noruega: ovo em pó, barras de chocolate Fry's, e – como a Noruega é "seca" – bebida alcoólica, tabaco e cigarros. Foi quando entendi que os ricos têm prioridades diferentes. Passagens de terceira classe para a Noruega; uma caixa de geleia Oxford e duas garrafas de champanhe para o Natal.

Em Tromsø, parecíamos crianças soltas numa confeitaria. Montanhas de geleia, chá, café, farinha, fermento, açúcar e cacau; frutas enlatadas, legumes desidratados, manteiga (e *não* margarina, não creio que os outros sequer conhecessem seu sabor) e caixas de algo chamado *"pemmican"*, uma espécie de carne em conserva: uma caixa para nós, outra para os cães.

E nosso kit! Longas roupas de baixo de seda (de *seda!*), meias de lã, luvas, cachecóis e suéteres de lã; coletes de paina, calças de veludo e calças impermeáveis da marca Shackleton; *anoraks* (uma espécie de capote com capuz), botas de borracha, manoplas de couro de cavalo e gorros balaclava. Para o clima mais frio, compramos botas de couro feitas pelos lapões: bem alcatroadas e de bico virado para cima. São compradas em números grandes, assim podemos recheá-las de palha quando chega a época certa. Hugo pediu ao vendedor que fizesse uma fotografia nossa com os trajes de inverno. Parecíamos verdadeiros exploradores. Algie é redondo como um esquimó; Hugo e eu somos magros e morenos, como se tivéssemos passado meses vivendo de ração seca; e Gus podia ser escandinavo, talvez o irmão mais novo de Amundsen.

Mas foi a compra do resto de nosso equipamento que de fato me convenceu do que empreendíamos. Barracas, sacos de dormir, munição, *peles de rena* (como lonas para o chão, ao que parecia). Sobretudo, uma pilha formidável de lampiões a parafina, lâmpadas frontais e lanternas elétricas. É difícil acreditar agora, nesta infindável luz do dia, mas chegará uma época em que sempre estará escuro. Pensar nisso me dá uma estranha palpitação no estômago. De certo modo, mal posso esperar. Verei se conseguirei suportar.

Mas não viveremos incivilizadamente em Gruhuken. Temos uma caixa de livros e um gramofone, até um jogo de porcelana Royal Doulton, doado pela mãe de Algie. Às vezes queria que não fosse tão fácil. É como se estivéssemos brincando de ficar no Ártico. Não a realidade em si.

E por falar em realidade, pela manhã encontramos nossa embarcação, o *Isbjørn*, e seu capitão, o sr. Eriksson. É um caçador de focas e armadilheiro endurecido que passou o inverno em Spitsbergen uma dezena de vezes. Jamais conheci um armadilheiro, mas li sobre eles e conheço meu Jack London. Eles são genuínos. Combatendo os elementos, atirando em focas e ursos-polares. Na Noruega, as pessoas os consideram os "verdadeiros caçadores". Acho tudo isso um tanto intimidante. Dizem os livros que a época de ouro da caça com armadilhas se deu quando Spitsbergen era uma terra de ninguém. Ainda não consigo esquecer isto. A ideia de que até alguns anos atrás um descampado não muito distante da Europa não pertencia a *ninguém*: que um homem podia literalmente tomar posse de onde lhe aprouvesse, sem procurar a permissão de vivalma. Parece maravilhoso. Mas isso chegou ao fim em 1925, quando as ilhas passaram a fazer parte da Noruega.

As histórias que contam dessa época! Ursos gatunos. Acidentes fatais no gelo. Homens enlouquecendo por causa da escuridão e da solidão, matando companheiros, atirando em si mesmos.

Há inclusive um nome para isso. Chamam de *rar*. Armstrong o despreza como uma "peculiaridade" que acomete algumas pessoas que passam o inverno no Ártico. Diz que é uma simples questão de alguns hábitos estranhos, como economizar fósforos ou olhar obsessivamente as provisões. Mas sei, pelos livros, que é pior do que isto.

E falam de algo chamado *Ishavet kaller*, que parece uma forma extrema de *rar*. Significa "o Ártico chama". Ocorre quando um armadilheiro se atira de um penhasco sem motivo nenhum.

Certa vez, há não muito tempo, encontraram na ilha de Barents quatro homens mortos de fome em sua cabana, apesar de terem pilhas de munição e armas em perfeito funcionamento. Segundo o homem que escreveu o livro, eles ficaram amedrontados demais para sair da cabana – *"por terror da morte mais além"*. Dá uma boa história. Mas como poderia ele saber? *Rar. Ishavet kaller*. Febre da cabana. Esgotamento nervoso. Entendo por que acontecia nos velhos tempos, quando os homens ficavam completamente isolados, mas hoje é diferente. Temos um gramofone e o radiotelégrafo. E talvez, afinal, seja melhor assim. Isto é, comparados com aqueles caçadores, somos diletantes. Algie é o único que já esteve no Ártico e apenas por seis semanas de caça na Groenlândia. Não faz sentido morder mais do que podemos mastigar.

27 de julho, o Isbjørn, em algum lugar do mar da Noruega

Escrevo agora em minha cabine. *Minha cabine*. OK, fede a gordura de foca e é apenas um pouco maior do que um caixão. Mas ainda assim... O *Isbjørn* é lindo, um veleiro pequeno e vistoso, como imagino aquele de *Moby Dick* – mas com um motor a diesel de 50 hp que expele uma fumaça preta e gordurosa. O sempre correto Hugo me diz que é uma chalupa foqueira de 90 pés (sabe-se lá o que significa) e que o cesto de gávea, três quartos mastro acima, é o marco de um verdadeiro navio foqueiro. Por dentro, é principalmente porão, com quatro cabines mínimas junto do pequeno salão (ocupo uma delas). Não sei onde dorme a tripulação, ou quantos são, uma vez que não os distingo. São tipos nórdicos esplêndidos com barbas formidáveis e macacões admiravelmente limpos.

Misteriosamente, eles não fedem a gordura de foca, como todo o resto. O cheiro rançoso de banha impregnou a madeira. Pode-se sentir o gosto dele na água potável. Hugo e Algie estão esverdeados e eu mesmo me sinto um tanto embrulhado.

De algum modo colocamos tudo a bordo, e a tripulação não deixou cair nenhuma caixa do equipamento sem fio. Estão seguras no porão, graças a Deus, e não no convés com os cães.

Aqueles malditos cães. Sei que precisamos deles para o acampamento na calota, mas preferiria o contrário. Segundo Algie (nosso autoproclamado caçador e condutor de cães), os huskies esquimós são os mais resistentes e mais capazes de suportar o frio, por isso os trouxemos da Groenlândia. Oito dos brutamontes: sujos e agitados demais depois de nove semanas confinados nos porões de várias embarcações.

Para a classe alta, os cães são uma religião e assim Gus, Hugo e Algie já veneram os nossos. Dizem-me que são "realmente muito amistosos" e saudaram entusiasmados os novos donos. Eu não saberia, não estava lá. Não gosto de cães e eles não gostam de mim.

Gus afirma que esta turma acabará por me conquistar, mas aposto que não. Parecem um bando de lobos. Desgrenhados, com dentes que podem mastigar caçarolas e alarmantes olhos azuis de gelo. E também são astuciosos. Enquanto a tripulação os levava a bordo, um deles abriu o fecho da jaula com a pata e escapou. Após uma perseguição épica pelo cais, ele caiu no porto, onde nadou em círculos, uivando, até ser resgatado. Algie disse que a única coisa que assusta um husky é o mar. Sendo assim, não era para ele ter se jogado, não?

Supus que eles ficariam no porão, mas os outros vetaram essa crueldade, deste modo ficam soltos no convés: enroscados em rolos de cabo ou zanzando entre os caixotes. Não anseio pelos cinco dias em que terei de andar em meio a uma multidão de dentes afiados.

Li em algum lugar que, na Groenlândia, se um condutor de trenó cai na frente de seus cães, eles o devoram vivo. Algie afirmou ser uma sandice. Mas como ele pode ter certeza?

Mais tarde, no mesmo dia

Ainda estou abalado com o que aconteceu, assim farei o esforço de me expressar bem.

Não vimos muito o capitão até ele se unir a nós para o jantar, assim, para começar, ficamos meio intimidados. Ele parece um viking: olhos cinza penetrantes e uma barba grisalha. Tem o aperto de mão de um torno e me chama de "Professor". Chama a todos nós de "Professor". Não sei se está fazendo troça de nós ou não.

Nós quatro nos sentamos como colegiais para jantar com o mestre-escola. A sala é apertada, quente e malcheirosa, com um pulsar constante de motores, mas extremamente limpa. O jantar foi um saboroso cozido de peixe, com café à moda norueguesa: cruelmente forte, sem as frivolidades do leite ou do açúcar.

O capitão Eriksson é um homem habituado à companhia masculina, é bem verdade. Provavelmente é de beber muito, se passar a conhecê-lo, com um tesouro de piadas obscenas. Mas gosto dele. Também o respeito. Ele nasceu pobre. Não pobre de classe média como eu, mas o verdadeiro pobre, esfalfante, rural. Caça focas desde os 11 anos e à custa de muito esforço chegou a capitão e coproprietário do *Isbjørn*. Para seu mérito, não nos trata com inveja nem desdém, mas simplesmente como jovens e ricos cavalheiros cujo misterioso prazer é passar um ano no meio selvagem, estudando o clima.

O tema de Gruhuken surgiu apenas uma vez e foi Gus, como Líder da Expedição, que o trouxe à baila.

– E então, sr. Eriksson – disse ele perto do final da refeição –, estamos deliciados que sua embarcação esplêndida seja nosso lar até Gruhuken. – Seu tom era educado, mas firme, e a mensagem era clara. *Pretendemos ir a Gruhuken e não queremos nenhuma objeção de sua parte.*

O sorriso do norueguês vacilou, mas ele não aceitou o desafio. Baixando o olhar, esfregou o polegar no lábio.

– Ela é um boa nave, *ja*. Espero que goste dela.

Trocamos olhares com os outros e Gus nos assentiu, satisfeito. Está tudo acertado.

Mais tarde, porém, enquanto os outros conversavam, peguei o sr. Eriksson observando-os. Sua expressão era grave. Depois seus olhos passaram a mim. Eu sorri. Ele não retribuiu o sorriso.

Quaisquer que sejam suas reservas com Gruhuken, agrada-me que guarde para si, porque não quero ouvi-las. Não quero que nada se imiscua em nossos planos.

Fumando charutos (Hugo tem jeito diplomático para quebrar o gelo), eu pretendia perguntar ao capitão como é passar o inverno em tal lugar ermo, mas de algum modo não consegui. Veio-me a mesma sensação que tinha quando menino, desejando perguntar a meu pai sobre a Grande Guerra. Não consegui fazer na época e não consegui agora, talvez porque tenha sentido que de nada adiantaria; ele não me diria o que quero saber.

Afortunadamente, o gordo Algie não tinha tantos escrúpulos. Como um grande labrador avermelhado, ele simplesmente cometeu a grosseria de perguntar. E, para minha surpresa, o sr. Eriksson prontamente se abriu. Melhor dizendo, pareceu se abrir. Mas notei que suas histórias sempre tratavam dos outros, nunca dele mesmo.

A melhor delas falava de um armadilheiro que passou o inverno com um companheiro numa choça mínima na costa da Terra do Nordeste. Na metade do que o sr. Eriksson chama de "o tempo da escuridão", o outro homem adoeceu e morreu. O caçador não podia enterrá-lo, pois o solo era congelado, e não podia erigir um túmulo de pedras por cima do corpo, temendo atrair ursos. Então simplesmente o manteve consigo na choça. Dois meses com um cadáver. Chegou a primavera e ele foi resgatado por um navio de passagem.

Quando o sr. Eriksson terminou, fez-se um silêncio respeitoso.

– E quando o encontraram – disse ele por fim –, ele estava... O sobrevivente... Ele estava bem?

– *Ja*, certamente. – O tom do sr. Eriksson era enérgico.

– Mas dois meses... Como ele conseguiu?

– Cantando. Lendo a Bíblia. – Seu olhar se fixou no meu e ele riu. – Nem todos enlouquecem, Professor.

Ruborizei.

– Quis dizer apenas que deve ter sido difícil.

– Difícil? *Ja*. – Ele falou do jeito escandinavo, aspirando, o que tornou o som estranhamente parecido com um ofegar.

– Mas o que quero saber – disse Hugo, curvando-se para frente e fixando os olhos escuros e inquisitivos no norueguês – é *por* quê? Por que passar por isso quando os riscos são tantos e as recompensas, tão incertas?

Eriksson deu de ombros.

– Alguns homens são pobres. Alguns têm problemas. Alguns querem respeito.

– E quanto ao senhor? – falei. – Por que fez isso?

Sua testa se franziu.

– *Ach*, não sei. Ao ar livre, um homem pode respirar com os dois pulmões.

Gus assentiu.

– E suponho que deve ter sido ainda melhor quando não pertencia a ninguém.

– Uma terra de ninguém – eu disse. Perguntei ao sr. Eriksson se ele sentia falta dessa época.

Foi quando aconteceu. O norueguês parou com a caneca a meio caminho dos lábios e me olhou. Suas feições enrijeceram. Os olhos pequenos perderam a expressão. Foi de dar nos nervos. Todos percebemos, até Algie.

Inseguro, perguntei-me se o capitão estaria zangado. Eu tinha a nítida impressão de que ele suspeitava de alguma implicação oculta de minha parte.

– Só quis dizer a liberdade disso – falei rapidamente. – Ser capaz de ir aonde bem quiser. Fazer o que lhe aprouver. Isto... Certamente deve ter sido maravilhoso.

O sr. Eriksson baixou os olhos. Meneou a cabeça.

– Não.

Um silêncio embaraçoso.

E então Hugo mudou de assunto e logo depois o sr. Eriksson baixou a caneca e voltou à ponte.

Descrevi em detalhes porque tento entender isto. Gosto do capitão. A última coisa que quero é ofendê-lo. Mas, juro por minha vida, não vejo como é possível que eu o tenha ofendido.

Teria eu tocado em algum nervo sensível? Ou ele simplesmente nos julga loucos: jovens cavalheiros insanos e ineptos? Talvez por isso tenha contado a história do armadilheiro. Um aviso.

Mas *não* estávamos despreparados e *não* éramos ineptos.

E por mais que ele conte histórias, não temo o que nos está reservado em Gruhuken. Anseio por isto.

— 3 —

29 de julho, mar de Barents

Agora sei que estou de fato no Ártico. Até esta manhã, foram dois dias de chuva, seguidos por névoa. Andamos embrulhados em nossas roupas de um lado a outro do convés, mas nada havia para ver além de um céu cinza mesclando-se no mar cinza. Tampouco vimos muito o sr. Eriksson. Desde o jantar naquela primeira noite, ele fez a maior parte de suas refeições em sua cabine e no convés. Ele parece preocupado. O mar tem estado calmo, com ondulações suaves, e Hugo e Algie recuperaram o equilíbrio. Já nos acostumamos ao cheiro de gordura e ninguém tem estado nauseado; mas todos estivemos um tanto calados.

E agora – o gelo.

De acordo com o sr. Eriksson, é um cinturão de gelo flutuante de alguns quilômetros de largura e não é motivo de preocupação, o *Isbjørn* pode passar por ele. Mas nem de longe transmite o que parece.

Era sinistro, espiando pela névoa o mar agora branco. Massas imensas e recortadas de gelo como pedaços de um enorme serrote, pontilhadas de poças de água derretida, de um azul intenso. Eu não pensava que fosse tão belo. Provocou um bolo em minha garganta.

O sr. Eriksson desligou os motores, recostei-me na amurada e olhei os cacos que balançavam, acotovelando-se. Depois tive consciência de um estalo estranho e acelerado; uma crepitação tênue, muito baixa, mas contínua. Os outros vieram ver o que eu olhava e eu disse, Estão ouvindo? Hugo respondeu:

– Ah, são apenas bolhas de ar no gelo, estourando com o bater das ondas.

– Parecem conversar entre eles – eu disse.

Hugo meneou a cabeça e sorriu. O gordo Algie arregalou os olhos para mim como se eu fosse louco.

Gus me lançou um olhar curioso.

– Eu estava pensando a mesma coisa.

Os outros se afastaram, mas Gus e eu ficamos.

Gus se recostou na beira, o cabelo claro se erguendo na brisa.

– Nosso primeiro gelo – disse ele com ternura.

Assenti.

– É OK, não?

– Ah, sim. É sublime.

– Desculpe. Foi o que quis dizer.

Ele suspirou.

– Sabe, Jack, às vezes você pode ser um tantinho sensível demais.

– É mesmo?

– Sim, é. Não ligo para as palavras que usa.

– Talvez você sentisse outra coisa, se estivesse no meu lugar.

– Talvez. Mas Jack – ele se virou para mim e seus olhos azuis pareciam perturbados. – Jack, por favor, acredite em mim. Eu *não* me importo com as palavras que você usa, importa-me o que quer dizer. E não acha que tudo isso – um gesto do braço – torna tudo irrelevante?

– É um pouco mais complicado. A classe importa porque o dinheiro importa.

– Eu sei, mas...

– Não, não sabe. Você tem uma casa de 25 cômodos no West Country e três carros. Como pode saber? Como pode saber como é arruinar-se no mundo, perder sua chance?

– Mas você não perdeu sua chance...

– Sim, perdi. – De repente eu estava furioso. – Minha família já esteve bem na vida. Não como a sua, mas esteve bem. Meu pai era professor de clássicos. Feriu-se na guerra e não podia trabalhar, então tivemos de nos mudar e eu passei a frequentar uma escola onde dizem "OK" em vez de "sublime". Mais tarde ele contraiu tuberculose e morreu, e o Exército não destinou uma pensão a minha mãe porque ele não pegou tuberculose na guerra. E então veio a ruína e tive de abrir mão da física e me tornar um escriturário de bosta... – Interrompi-me.

– Eu não sabia – disse Gus.

– Bem, agora sabe. Então não despreze como se não importasse.

Depois disso, não conversamos. Gus girava o anel com sinete no dedo mínimo e eu fiquei constrangido – e furioso comigo mesmo por ter desabafado. O que deu em mim?

Mais tarde

Estivemos o dia todo atravessando o gelo. Adoro. A pureza. O perigo.

Um homem no cesto de gávea gritava a direção e o sr. Eriksson manobrava o *Isbjørn* lentamente. A certa altura, ele desligou o motor e parte da tripulação baixou um bote para pescar. Outros desceram uma escada e foram a um bloco de gelo flutuante do tamanho de um campo de futebol que quase tocava o casco. Enquanto enchiam um barril de gelo derretido, os cães pularam para o bloco e correram. Nós os seguimos rapidamente.

Eu nem acreditava. Alguns dias atrás, estava em Londres. Agora estou num bloco de gelo no mar de Barents.

Enquanto os outros brincavam com os cães, vaguei para a borda. Segundo o termômetro do barco, está apenas a alguns graus abaixo do congelamento, mas era mais frio no gelo. Minha respiração raspava na garganta. Senti a pele do rosto se contrair. E, pela primeira vez na vida, eu tinha consciência do frio como uma ameaça. Uma ameaça física. O gelo era firme sob minhas botas – entretanto, pensei, alguns centímetros abaixo de mim, há uma água tão fria que, se eu cair, morrerei em minutos. E só o que me mantém longe disso é... Mais água.

Aproximando-me mais da beira, olhei para baixo. A água era de um verde vítreo, extraordinariamente clara. Vivi a sensação que às vezes me acomete quando estou numa ponte ou plataforma ferroviária. Racionalmente, sei que não tenho intenção nenhuma de saltar da ponte ou da plataforma – ou deste bloco de gelo –, mas tenho consciência de que *posso* e que a única coisa que me impede é minha vontade.

Algo deslizou na água e desapareceu sob o gelo. Pensei em todas as vidas que caçavam no escuro sob meus pés. Ao escrever estas linhas, é quase meia-noite e ainda não atravessamos o gelo. Posso sentir cada guinada da embarcação. O tremor do impacto, a alteração no motor quando chegamos a um trecho mais limpo, o ronco amortecido ao empurrarmos de lado os blocos menores. Penso naqueles grandes cacos balançando-se e conversando.

Suponho que o que Gus queria dizer é que aqui, no Ártico, a classe não importa. Creio que ele se engana nisto, a classe sempre importa.

Mas talvez aqui não importe tanto.

31 de julho, Spitsbergen

Pela manhã, estávamos livres do gelo e o sr. Eriksson disse que já passáramos de Sørkapp, a ponta mais ao sul de Spitsbergen. Mas a névoa não nos permitia enxergar. O dia todo nos agrupamos no convés, esperando por um vislumbre. Esfriava mais. Descemos continuamente a nossas cabines para vestir mais roupas. E nada ainda.

Em algum momento depois da meia-noite, nossa paciência finalmente foi recompensada. A neblina se afinou e embora o céu continuasse nublado, o sol da meia-noite por trás das nuvens lançava uma radiância cinzenta e suavizada em um descampado exótico. Os baleeiros holandeses do século XVI deram o nome certo. Spitsbergen: as montanhas pontiagudas. Vi picos irregulares raiados de neve assomando sobre a boca de um fiorde onde a água escura era lisa como um espelho, marcada de icebergs. Mais além, uma vasta geleira atormentada se derramava no mar. E tudo era inacreditavelmente imóvel.

Hugo meneava a cabeça de incredulidade. Mesmo Algie estava impressionado.

Gus falou em voz baixa.

– Percebem que é quase uma da manhã?

Tentei falar, mas não consegui. Era inteiramente diferente de qualquer coisa que eu tivesse visto. Era... Intimidante. Não, não era esta a palavra. Fazia com que me sentisse irrelevante. Tornava a humanidade irrelevante. Perguntei-me, Gruhuken será assim?

Hugo, o glaciologista entusiasmado, pediu ao sr. Eriksson para ir ao fiorde e se aproximar mais da geleira, e esticamos o pescoço para as paredes fissuradas de gelo e cavernas de azul misterioso. Do fundo vinham estranhos rangidos e gemidos, como se um gigante quisesse abrir caminho a marretadas. Soou então o que parecia um tiro de rifle e um imenso segmento de gelo caiu no mar, provocando um jato de água e uma onda que balançou o barco. O gelo espatifado tornou leitosa a água verde-clara. As marretadas continuaram. Agora sei por que antigamente as pessoas acreditavam que Spitsbergen era mal-assombrada.

Mas ao seguirmos para o norte pela costa percebi que, apesar de todas as minhas leituras, cometi o erro clássico de imaginar o Ártico como um deserto vazio. Pensei que não haveria muita coisa além de pedras, por estarmos ao norte demais das árvores. Talvez algumas focas e aves marinhas, mas nada assim. Jamais esperei ver tanta vida. Grandes bandos de gaivotas empoleiravam-se nos icebergs, subindo em tumulto, mergulhando em busca de peixes. Uma raposa do Ártico trotava por uma planície verde com um papagaio-do-mar se debatendo nas mandíbulas. Renas erguiam cabeças com chifres a nos ver passar. Morsas balançavam-se nas ondas; uma veio à superfície bem atrás de mim com um bufo explosivo, respingando água, e fitou-me com um olho castanho fleumático. Cabeças lisas de focas subiam e desciam na superfície, observando-nos com a mesma curiosidade com que nós as olhávamos. Algie atirou em uma, mas ela afundou antes que os homens pudessem pegá-la. Ele teria atirado na rena também, se não fossem protegidas por lei. Ele parece gostar de matar coisas.

Passamos por um penhasco repleto de milhares de aves marinhas. Gaivotas gritavam e as faces rochosas ecoavam os estranhos e agitados gemidos de aves pretas com asas curtas que Gus disse serem araus. Disse que o que tomei por gaivotas eram *kittiwakes* e que os vikings acreditavam que seus gritos eram os gemidos de almas perdidas.

Por muitas praias espalhava-se madeira flutuante, trazida da Sibéria pela corrente do Atlântico e desbotada ao prateado.

E ossos: costelas imensas e arqueadas de muitas décadas de idade. Segundo o sr. Eriksson, estávamos tão ao norte que as "coisas mortas" se perdiam por anos.

Mas havia outros restos menos pitorescos. Minas abandonadas e as cabanas quebradas de prospectores que partiram havia muito. Em um braço de mar, vi um poste surgindo de um amontoado de pedras, com uma tábua pregada no alto. Supus ser um túmulo, mas um dos marinheiros me disse ser uma placa de posse.

Não gosto dessas relíquias humanas. Não quero ser lembrado de que Spitsbergen foi explorada por centenas de anos. Baleeiros, mineradores, caçadores, até turistas. Graças a Deus só existem algumas colônias mínimas e não nos aproximaremos de nenhuma delas.

Pouco antes do jantar, o sr. Eriksson localizou algo em uma ilha e levou o barco para mais perto.

No início eu não conseguia ver nada além de uma praia pedregosa tomada de toras de madeira. Depois distingui a carcaça manchada e rosa-amarronzada de uma morsa, prostrada de costas. Suas presas amarelas se projetavam para o alto e o corpo parecia curiosamente murcho, como uma bola de futebol gigantesca e arrebentada. Depois entendi o porquê. Algo roera um buraco em sua barriga e a devorara de dentro.

O urso-polar surgiu de trás de um rochedo e esticou o longo pescoço para captar nosso cheiro.

Foi meu primeiro vislumbre do rei do Ártico. Mas este não era nada parecido com o gigante da neve de minha imaginação. Sangue e gordura mancharam sua pele de um marrom sujo; sua cabeça e o pescoço eram quase pretos. Eu não via os olhos, mas os sentia. Até aquele momento, nunca me senti uma presa. Nunca fui tão intensamente observado por uma criatura que me mataria se tivesse a oportunidade. Eu a encarei e senti que a morte me olhava.

Soou um tiro. O urso virou a cabeça. Algie mirou de novo. Antes que ele pudesse atirar, o urso saíra de vista.

Matar ou ser morto. Era a isso que se reduzia. No entanto, de algum modo eu não via nada de espantoso nisto. Havia verdade ali. Uma beleza cabal.

Creio que é isso que o Ártico significa para mim. Creio que, aqui, serei capaz de "respirar com os dois pulmões", como disse o sr. Eriksson: ver com clareza pela primeira vez em anos. Bem no coração das coisas.

— 4 —

1º de agosto, fiorde Advent, próximo de Longyearbyen

Desastre. Hugo tropeçou num rolo de cabo e quebrou a perna. Todos entraram em modo de emergência, muito calmos, resolutos e frios.

– Anime-se, meu velho, logo o colocaremos em forma. – As consequências eram imensas demais para que alguém as verbalizasse.

O imediato imobilizou a perna e carregamos Hugo para sua cabine. O sr. Eriksson, de expressão inescrutável, apontou o navio no rumo de Longyearbyen.

O imediato fez o que pôde por Hugo, e Gus, Algie e eu nos espremos em sua cabine, tentando convencê-lo de que ele não nos decepcionava e nem colocava em risco toda a expedição.

– Estúpido, estúpido, imbecil imbecil *imbecil!* – Ele esmurrava o colchão. Seu cabelo escuro estava colado nas têmporas, as bochechas coradas depois de uma dose de cocaína da caixa de remédios.

– Não foi sua culpa – disse Gus monotonamente.

– Claro que não foi! – concordou robustamente Algie.

Aderi tarde demais e Hugo percebeu. Não me importa. Eu estava furioso com ele.

Algie soltou uma gargalhada ansiosa.

– Parece que estamos com má sorte, não? Primeiro Teddy, agora Hugo.

– Obrigado por declarar o gritantemente óbvio – disse Gus.

Por um momento, ninguém falou. E então Hugo disse:

– Muito bem. Eis o que faremos. Vocês me deixarão em Longyearbyen, onde vou me tratar, telegrafarei aos patrocinadores e encontrarei uma cabine no próximo navio para casa. E vocês, companheiros – ele ergueu o queixo –, continuarão sem mim.

Silêncio. Ninguém queria admitir que pensava o mesmo.

Perplexo, Algie passou a mão no cabelo de cenoura.

– Mas... Você é nosso camarada da geleira. Quem será o homem no acampamento da calota?

– Teremos de eliminá-lo, naturalmente – disse Gus com rispidez.

– O quê? – exclamou Algie. – Mas os cães...

– ... Agora são inteiramente desnecessários – disse Hugo. – Meu Deus, Algie, às vezes você é obtuso.

– Não entendo – disse Algie. – O que faremos com os cães?

Gus lançou os braços para o alto.

– Parece-me – eu disse – que ficaremos melhor sem eles. Perguntei ao sr. Eriksson se pode vendê-los em Longyearbyen, mas ele disse que o gerente da mina já tem uma equipe. Ele disse... – hesitei. – Ele acredita que devemos abatê-los.

Um coro de ultraje. Como eu pude sequer cogitar tal coisa? Os cães teriam toda sorte de utilidade: levando Algie por seu levantamento geológico, alertando-nos de ursos. Sugestão enfaticamente rejeitada.

– Muito bem, então, estamos de acordo. – Hugo reprimiu um tremor ao mudar de posição. – Irei para a Inglaterra e vocês três continuarão sem mim. Com os cães. Sim?

Ninguém queria ser o primeiro a concordar.

Deixamos o pobre Hugo havia uma hora no "Sykehus" em Longyearbyen. Amanhã ele embarcará no iate de turismo e voltará a Tromsø. Sentirei falta dele. Creio que talvez tenhamos feito amizade. Queria que o gordo Algie tivesse quebrado a perna em seu lugar.

Hugo não queria que ficássemos, o que foi um alívio, porque em Longyearbyen sentia-me deslocado como os turistas do iate.

Meu Deus, que lixeira. Um povoado em ruínas de umas quinhentas almas, tudo o que restou da grande "corrida do carvão" no Ártico. Poucas décadas atrás, alguns prospectores falaram de imensos depósitos e a cobiça assumiu o controle. Nações lutando para tomar posse de terras, empresas brotando como cogumelos, levantando milhões só em expectativas. A maioria pediu falência ou foi comprada por uma ninharia pelos noruegueses, que agora administram o que resta.

Segundo os livros, Longyearbyen gaba-se de ter eletricidade e água encanada de uma geleira, assim como salão de bilhar e uma casa de banhos. O que vi foram barracas feias de mineradores agachadas ao pé de montanhas cinzentas e severas. Uma linha de bonde estende-se por seus flancos como um colar sujo, seus cestos largando carvão no cais em nuvens de poeira preta. Uma única rua tomada de lixo e cercada de gaivotas estridentes. Uma igreja de madeira e um amontoado de lápides num morro.

Na volta ao navio, passamos por um grupo de mineradores a caminho da "cidade". Um deles virou a cabeça e olhou-me fixamente. Seu rosto era preto de fuligem, os olhos coléricos e inflamados. Ele mal parecia humano. Capaz de qualquer coisa. Senti-me obscuramente ameaçado. E envergonhado.

Parecia um erro que existissem tais lugares em Spitsbergen. Fico feliz por Gruhuken ficar tão longe disto. Não quero que se macule.

2 de agosto, próximo ao cabo Mitra, noroeste de Spitsbergen

Primeiro Hugo, agora isto. *Maldito* Eriksson. Jogou uma mortalha sobre toda a expedição – e para quê? Nem mesmo nos deu uma justificativa.

Esta manhã, Algie e eu estávamos no convés quando Gus nos chamou ao salão.

Sabíamos de pronto que havia algo errado. Eriksson estava sentado num silêncio pétreo, de mãos achatadas na mesa. A cara de Gus era fixa, os olhos azuis vidrados de raiva.

– Ah, cavalheiros. – Ele nos recebeu em tons secos. – Parece que o sr. Eriksson aqui se recusa a nos levar a Gruhuken.

Encaramos o capitão. Ele não nos olhou nos olhos.

– Ele disse – prosseguiu Gus – que nos levará no máximo a Raudfjord, mas não além dali...

– Mas fica 65 quilômetros antes! – exclamou Algie.

– ... E ele disse – continuou Gus – que estas sempre foram as ordens dele. Que nunca ouviu nenhuma menção a Gruhuken. A mentira patente do norueguês me aturdiu. E ele não se desdisse. Na realidade, resistiu muito. Insistiu que foi contratado para nos levar a Raudfjord e não além. Argumentamos que era absurdo, nosso destino sempre foi Gruhuken. Ele disse que havia um bom acampamento em Raudfjord. Observamos que Raudfjord não tinha calota de gelo e não nos daríamos ao trabalho de trazer um trenó e oito cães se não precisássemos deles. Ele afirmou nada saber. Seu barco foi fretado para ir a Raudfjord e iria apenas a Raudfjord.

Chegamos a um impasse. Algie murmurou algo irrelevante sobre um processo judicial. Gus fervilhava. O norueguês cruzou os braços e nos olhou, carrancudo.

Por trás de sua atitude de granito, senti infelicidade. Ele odiava trair sua palavra num frete. Então, por que agia assim?

Antes que eu pudesse dizer alguma coisa, Gus colocou as palmas das mãos na mesa e se curvou para o capitão. Suas habituais maneiras cordiais se foram. Em seu lugar vi a autoconfiança advinda de gerações de comando.

– Agora me escute bem, Eriksson – disse ele. – Você fará o trabalho para o qual foi contratado. Você nos levará a Gruhuken... E não se discute mais!

Pobre Gus. Talvez isto funcionasse na propriedade rural do pai, mas não com um homem como Eriksson. O norueguês continuava sentado como um rochedo, inalterável.

Concluí que era a minha vez.

– Sr. Eriksson – eu disse. – Lembra-se de nossa primeira noite a bordo? Perguntei-lhe por que decidira passar o inverno em Spitsbergen e o senhor disse que lá um homem pode respirar com os dois pulmões. Entendi que quis dizer que se sentia livre. Livre para tomar suas próprias decisões. Eu tinha razão? Ele não respondeu. Mas eu tinha sua atenção.

– Não vê que é o mesmo para nós? – prossegui. – Pensamos longa e profundamente em onde armar acampamento e escolhemos Gruhuken. Nós escolhemos. Tomamos uma decisão.

– Vocês não sabem o que estão fazendo – rosnou ele.

– Escute aqui – gritou Gus.

– Ah, ora essa! – exclamou Algie ao mesmo tempo.

Sem desviar meus olhos dos de Eriksson, gesticulei para que os dois se calassem.

– O que quer dizer com isso?

– Vocês não sabem – repetiu ele.

– Então me diga – insisti. – Vamos, você é um homem de honra. Entretanto, voltou atrás em sua palavra. Por quê? Por que não quer nos levar a Gruhuken? O que há de errado lá?

Seu rosto ensombreceu-se. Ele me fuzilou com os olhos. Por um momento pensei que ia me contar. Mas ele se colocou de pé num salto e golpeou a mesa com os dois punhos.

– *Helvedes fand!* Como *quiserem*! Iremos a Gruhuken!

3 de agosto, arredores de Gruhuken
....

A baía tem algum gelo à deriva, mas também muitas águas abertas e o sr. Eriksson baixou âncora a cem metros da praia. Queríamos descer em terra e explorar, mas ele disse que era tarde demais e a tripulação estava cansada. Depois do entrevero de ontem, julgamos melhor fazer a vontade dele.

Após o jantar, fomos ao convés e ouvimos o gelo falando consigo mesmo. Imagino que soe diferente do gelo que encontramos mais ao sul. Mais severo, mais ríspido. Mas era só minha imaginação.

Subimos a costa sem percalços e contornamos o cabo noroeste, embora o clima continuasse nublado e nevoento. Ao seguirmos para o leste, nossa expectativa aumentava. Restavam apenas alguns quilômetros. Gus e Algie se curvavam na amurada, contando os marcos no mapa. Fui à casa do leme para um último esforço com o capitão.

– Sr. Eriksson – comecei, com uma fraca tentativa de cordialidade.

– Professor – respondeu ele sem tirar os olhos do mar.

– Não é minha intenção ofendê-lo – falei com cautela. – E não estou sugerindo que o senhor não foi correto conosco. Mas pesaria a seu favor se me dissesse, de homem para homem, por que não quer nos levar a Gruhuken.

Ainda olhando as ondas, o norueguês ajustou o curso. Por um momento seu olhar se voltou de banda para mim. Algo em sua expressão me dizia que ele se perguntava se eu merecia confiança.

– Por favor – eu disse. – Só o que quero é a verdade.

– Por quê?

Isto me sobressaltou.

– Bem... Não é óbvio? Ficaremos um ano lá. Se há algum problema, precisamos saber do que se trata.
– Nem sempre é bom saber – disse ele em voz baixa.
– Eu... Não sei se concordo com o senhor. Creio que sempre é melhor saber a verdade.
Ele me lançou outro olhar estranho. Depois falou.
– Alguns lugares... Trazem má sorte.
– Como? – fiquei perplexo. – O que quer dizer?
– Gruhuken. É de... má sorte. Acontecem coisas ali.
– Que coisas?
– Coisas ruins.
– Mas o quê? Correntes traiçoeiras na baía? Clima ruim na calota? O quê?
Ele mascou o bigode.
– Existem coisas piores.
O jeito como falou. Como se não suportasse nem pensar nisso.
Por um momento, fiquei abalado.
– Mas, sr. Eriksson. Certamente não acredita que um lugar... Uma mera pilha de pedras... Pode provocar coisas ruins.
– Eu não disse isso.
– Então, o que é?
Mais silêncio.
Exasperado, soltei um longo suspiro. Este foi o meu erro. Sua cara se fechou e entendi que o havia perdido.
Gritos do convés. Gus e Algie estavam radiantes e acenavam para mim.
– Veja, Jack, *veja!*

Enquanto estive falando com o capitão, o clima passara por uma daquelas súbitas reversões do Ártico. As nuvens se ergueram. A névoa clareou. Aquela primeira visão. Como um golpe no coração. A desolação. A beleza. Um sol brutal brilhava num céu de um azul espantoso. Montanhas deslumbrantes encimadas por neve encerravam uma larga baía pontilhada de icebergs. A água era imóvel como vidro, espelhando os picos. Na extremidade leste da baía, penhascos elevados da cor de sangue seco eram repletos de aves marinhas, seu clamor emudecido pela distância. Na ponta oeste, pavimentos reluzentes de rocha azul-acinzentada desciam ao mar, um regato brilhava e uma choça mínima e arruinada se aninhava entre os rochedos. Pela praia de carvão espalhava-se madeira prateada e as costelas gigantescas de baleias. Atrás dali, aclives verde-acinzentados erguiam-se para o brilho branco e severo da calota de gelo.

Apesar dos gritos das gaivotas, havia uma quietude em tudo. Um vasto silêncio. E, Deus, que *luz*! O ar era tão claro que senti poder estender a mão e tocar aqueles picos, arrancar um naco daquela calota. Tanta pureza. Parecia o paraíso.

Por um momento, não consegui falar.

Virei-me para o sr. Eriksson.

– Isto é...

Ele assentiu e puxou o ar, como quem ofega.

– *Ja*. Gruhuken.

— 5 —

7 de agosto, Gruhuken

Nosso quarto dia em Gruhuken. Estive exausto demais para escrever. Terminamos de descarregar o barco esta manhã. Isso significava baixar 80 toneladas de suprimentos (e cães) para botes e remar até a praia; exceto os tambores de combustível, que fizemos flutuar nos baixios. Passei por certa ansiedade com minhas caixas de radiotelegrafia – se alguma coisa se molhasse, estaria estragada e não poderia ser consertada –, mas, graças a Deus, ficaram OK. Depois tive de protegê-las dos cães, que corriam por perto, batizando as coisas. E quando um husky está à solta, ele come o que encontrar; casacos, mochilas, barracas. Logo Gus e Algie caíram em si e amarraram os brutos a estacas. No início eles se queixaram com uivos de espatifar os tímpanos, depois perceberam que era inútil e se aquietaram.

Desfrutei do trabalho árduo depois do confinamento no *Isbjørn*. Toda "noite" – aquelas estranhas noites brancas que ainda me parecem mágicas – o sr. Eriksson e a tripulação voltavam ao navio para dormir, mas nós estávamos ansiosos por tomar posse de Gruhuken, assim erigimos nossa barraca Pyramid na praia, na cabeceira da baía. Nosso piso de pele de rena era sumamente confortável e nem mesmo as aves marinhas nos impediram de dormir.

Estivemos tão ocupados que às vezes eu mal percebia o que estava a nosso redor. Mas ocasionalmente parava e olhava em volta, então tinha uma aguda consciência de todas as criaturas ocupadas – homens, cães, aves – e por trás delas, a quietude. Como uma vasta presença que nos observava.

É um descampado imaculado. Bem, não tão imaculado. Fiquei um tanto incomodado ao saber que vieram outros antes de nós. Gus encontrou as ruínas de uma pequena mina nos aclives atrás do acampamento; trouxe uma tábua com o que parece uma demarcação de posse, pintada grosseiramente em sueco. Para tornar a praia segura para os cães, tivemos de limpar um emaranhado de arame, arpões e algumas facas largas e enferrujadas, que enterramos sob pedras. E há aquela choça, encolhida entre os rochedos numa nevasca de ossos.

Gus perguntou ao sr. Eriksson sobre isso.

– Então havia caçadores aqui também? Ou foram os mineradores que deixaram todos esses ossos?

O sr. Eriksson puxou o ar.

– *Ja*.

Gus ergueu uma sobrancelha.

– Bem, qual dos dois?

O norueguês hesitou.

– Primeiro caçadores. Depois mineradores.

– E depois deles ninguém – eu disse. – Até nós.

O sr. Eriksson não respondeu.

Alegra-me dizer que as relações com ele melhoraram, e ele e a trıpulação têm trabalhado feito demônios para nos ajudar a montar o acampamento; quase, observou Gus, como se tivessem um prazo a cumprir.

E talvez tenham. A cada dia que passa, o sol da meia-noite cai mais próximo do horizonte. Numa semana, no dia 16, desaparecerá pela primeira vez e viveremos nossa primeira noite breve. O sr. Eriksson chama de "primeira escuridão". Algie planeja uma pequena cerimônia envolvendo uísque para anunciá-la, mas o sr. Eriksson reprova. Parece pensar que não devemos brincar com tais coisas.

Contei aos outros o que ele falou sobre Gruhuken trazer má sorte. Gus foi vivamente desdenhoso e Algie disse que eu não devia ceder à tendência do homem à superstição. No fundo, porém, creio que eles ficaram aliviados por não ter sido pior. Também eu senti-me melhor. Agora já tratamos deste assunto. Abertamente.

Esta manhã, depois que a última caixa foi trazida para a terra, o *Isbjørn* zarpou para a viagem de 65 quilômetros a fim de pegar nossos botes, o carvão e o material para a cabana. É bom ficar por conta própria, uma espécie de ensaio geral. E isso nos dá a oportunidade de explorar.

Deixando os cães amarrados a suas estacas, Algie pegou o rifle e saiu para caçar, enquanto Gus e eu fomos aos penhascos das aves na extremidade leste da baía.

O clima esteve perfeito desde que chegamos e este era outro dia luminoso e sem vento; surpreendentemente cálido ao sol, só um pouco abaixo do congelamento. O mar era de um azul vívido, espelhando as montanhas e, na baía, vi três focas-barbudas tomando sol em blocos flutuantes de gelo. Respirei fundo o ar salgado e limpo, que entrou em minha cabeça como vinho.

Mais perto dos penhascos, o cheiro de guano era predominante. Escalamos entre as pedras, Gus parando de quando em vez para identificar papoulas amarelas do Ártico e moitas verdes e brilhantes de quebra-pedra. Ele é fascinado pela natureza e gosta de apontar as coisas para mim, o físico ignorante. Não me importo. Na verdade me agrada.

Os penhascos ecoavam os berros agitados de araus. Esticando o pescoço, vi o céu salpicado de preto. Tantos pássaros, como uma neve suja. Milhares de outros se encarapitavam nas prateleiras rochosas. Na sombra dos penhascos, a água verde-escura era pontilhada de penas brancas. Em meio a estas, nadavam filhotes de arau. Felpudos e incapazes de voar, montavam nas ondas, soltando gritos agudos e penetrantes.

– Pobrezinhos – disse Gus. – Passam as três primeiras semanas numa saliência na pedra, de frente para o paredão. Depois pulam e, se tiverem sorte, caem na água e nadam ao mar com os pais.

– Se tiverem sorte – observei. Eu acabara de ver uma gaivota mergulhar e engolir um filhote inteiro.

– Não é uma vida muito boa, não? – disse Gus. – Três semanas com o bico metido numa pedra, para depois pular e ser devorado.

Um filhote solitário subia e descia na onda, gemendo. Talvez tivesse se desgarrado dos pais, ou estes talvez tenham sido capturados pelas raposas do Ártico que caçavam ao pé dos penhascos como pequenos fantasmas cinzentos.

Ao contornarmos o pontal, ouvimos o disparo distante do rifle de Algie. Vimos uma gaivota grande e assassina atormentar um arau para que expelisse seu peixe. Gus encontrou um crânio de rena e me mostrou os dentes gastos. Disse que teria morrido de fome, apesar de ter a barriga cheia, por não poder mastigar mais a comida. Sentados nas rochas, banhamo-nos ao sol e pensei na beleza e na crueldade à minha volta.

Sem preâmbulos, Gus falou.

– Outro dia, não me expressei muito bem. O que queria dizer é que não acho que você perdeu sua chance.

Senti-me ruborizar.

– O que quero dizer – continuou ele – é que embora sua família tenha passado por dificuldades, isso não precisa arrastá-lo para baixo também.

– Já arrastou – murmurei.

– Não aceito isso. Você está aqui. Este é um novo começo. Quem sabe aonde isso levará?

– Para você, é fácil falar – retorqui.

– Mas, Jack...

– Gus, deixe isso de lado! Vim para cá para me livrar de minha vida, e não para relembrá-la. OK?

Falei mais incisivamente do que pretendia e houve um silêncio desagradável. Piquei um punhado de papoulas do Ártico. Gus contou as pontas no chifre da rena.

Depois disse:

— Em Londres, você realmente não tinha nenhum amigo?

Dei de ombros.

— Todos que conheci na UCL prolongaram os estudos. Por que eu desejaria vê-los? E não tenho nada a dizer aos colegas da Marshall Gifford. Então pensei, aos diabos com isso, ficarei sozinho.

Seu lábio se torceu.

— Você é radical demais.

— Não, não sou.

— Sim, é; quantas pessoas conhece que passaram sete anos inteiramente sozinhas?

— Bem, como eu não *conheço* ninguém, a resposta é nenhuma...

Ele riu.

— É o que quero dizer! Radical!

Reprimi um sorriso.

— E depois de tudo isso, acabar preso numa barraca com Algie e comigo. — Ele hesitou. — Fale-me com franqueza. Não é cansativo?

Joguei longe as papoulas e o olhei. O sol brilhava em seu cabelo dourado e iluminava suas feições limpas. Ele não era apenas bonito. Tinha uma pureza cinzelada que me fazia pensar em heróis gregos. Perguntei-me como seria ser tão belo. Não afetaria sempre o comportamento dos que estão próximos?

E mais forte ainda do que sua aparência, ele parecia genuinamente querer saber como eu me saía.

– Com franqueza? – eu disse. – Não é tão ruim como eu esperava.

No caminho de volta, um fulmar planava no ar, tão baixo que ouvi o silvo do ar sob suas asas. Os fulmares são aves marinhas cinza e serenas que Gus afirma serem primas em primeiro grau dos albatrozes. Vi o bicho roçar de leve as ondas até sair de vista. Ao passarmos pelos penhascos, ouvi aquele filhote de arau, ainda gemendo. Queria que alguma coisa o comesse e acabasse com isso.

Encontramos Algie de ótimo humor no acampamento. Ele foi para o oeste até o fiorde seguinte, onde deu com uma faixa de terra "apinhada de êideres". Atirou em cinco e, na volta, caçou uma foca, que cortou em pedaços e deu de comer aos cães. A julgar pela quantidade de sangue espalhado pelas pedras, a foca era grande e Algie, um açougueiro porco.

De jantar, assamos os patos num fogo de lenha encontrada na praia, tendo (a conselho do cozinheiro do navio) removido a pele com cheiro de peixe. Foi a melhor coisa que comi na vida. Lavamo-nos em areia e água do mar, depois nos deitamos, fumando e bebendo uísque. Debatemos longamente se Amundsen foi um explorador maior do que Scott e onde Shackleton se encaixava, e se Nobile seria um grosseirão ou um camarada decente.

Todos estavam desgrenhados e bronzeados, e nossas barbas começavam a ficar respeitáveis. A de Algie é ruiva e penugenta, como uma sebe. A de Gus é dourada, naturalmente. Combina tremendamente com ele. Ele disse que a minha me faz parecer um pirata. Suponho que queira dizer porque sou moreno.

Nunca esperei entender-me com eles dessa maneira. OK, às vezes Algie me dá nos nervos. Ele é obtuso, ronca e toma espaço *demais*. Mas começo a considerar Gus um amigo. Ele também é muito convincente, este Gus. Toda aquela conversa de novos começos. Quase acreditei nele. Isso dói. É como puxar uma crosta de ferida.

Escrevo em nossa barraca. Lá fora faz cinco graus negativos, mas aqui, com nossos sacos de dormir de edredom e a manta de pele de viagem de Gus por cima, está bem aconchegante. A lona verde das paredes da barraca brilha suavemente na noite branca do Ártico. Há um latido ou outro dos cães, mas eles estão amarrados a cem metros e repletos de foca, então não é tão ruim. Ouço as pequenas ondas puxando nas lascas de pedra e os gritos abafados das aves marinhas. E de vez em quando há um estalo de um iceberg que se rompe na baía.

Depois de amanhã, o *Isbjørn* deve voltar e começaremos a construção de nossa cabana.

Jamais esperei por isso, mas sinto-me em casa aqui. Amo Gruhuken. Amo a claridade e a desolação. Sim, até a crueldade. Porque é verdadeira. Faz parte da vida.

Estou feliz.

8 de agosto

Um dia estranho. Não inteiramente bom.
Depois do café da manhã, decidimos dar uma boa olhada nas ruínas de Gruhuken, para sabermos o que precisa de limpeza quando o *Isbjørn* voltar. Para minha irritação, Algie levou os cães. (Até agora, consegui ignorá-los, eles sentiam meu desprazer e passavam bem longe de mim.)
Mais um dia luminoso, quase quente ao sol ao subirmos os aclives para examinar a mina em ruínas – Gus e eu à frente, Algie bufando atrás. Fiquei aliviado ao ver que não restava muita coisa da mina. Um vagonete enferrujado, uma pilha de trilhos, alguns buracos dinamitados das rochas.
– Não tem cabana nenhuma – observou Algie.
– Perguntei a Eriksson sobre isso – disse Gus. – Ele disse que foram soterradas num deslizamento de pedra.
Algie fez uma careta.
– Pobres rapazes.
– Ah, os mineradores não estavam nelas. Mas essa foi a gota d'água e eles abandonaram o lugar.
– O que quer dizer com gota d'água? – disse Algie.
– O que isso importa? – vociferei. – Eles não conseguiram nada daqui, foram embora e acabou-se.
– Acalme-se, meu velho – disse Algie, ficando rosado sob as sardas.
De maneira nenhuma eu ia me desculpar. Detesto todo esse revirar do passado.

Gus, o pacificador, sugeriu que deixássemos tudo como estava e descêssemos para dar uma olhada na choça entre os rochedos. Um lugarzinho repugnante, acocorado em seu depósito de ossos. Os cães também não gostaram. Farejaram por ali, tensos, depois dispararam pela praia para investigar nossa barraca. O que significou que Algie e Gus tiveram de persegui-los e amarrá-los. Eu os acompanhei para demonstrar boa vontade, mas eles sensatamente não pediram minha ajuda.

Quando voltamos à choça, Gus, o biólogo inveterado, parou para identificar os ossos. Muitos estavam espalhados, os crânios sem corpo de morsas e renas, mas outros eram esqueletos reconhecíveis. Gus apontou raposas, finas e frágeis feito porcelana; e a grande estrutura hominídea dos ursos. E outros menores, com membros curtos e longos dedos que pareciam perturbadoramente mãos humanas, que ele disse tratarem-se de focas.

Tropecei numa placa de posse jogada no chão. Uma luxuosa, de estanho esmaltado em enfáticas letras maiúsculas gravadas em inglês, alemão e norueguês: *PROPRIEDADE DA SPITSBERGEN PROSPECTING COMPANY DE EDIMBURGO. DEMARCADA EM 1905.*

– E agora não resta nada – disse Gus, jogando longe a placa.

A choça em si tinha cerca de um metro quadrado. Uma meia-água, com três paredes de toras construídas contra um rochedo grande, presumivelmente para poupar madeira. O teto ainda estava intacto, de papel alcatroado que batia lugubremente, e a porta tinha apenas 60 centímetros de altura, talvez para conservar o calor. A janela lateral fora destruída por um urso invasor, mas a menor, de frente para o mar, ainda estava fechada. Três passos na frente dela ficava um pilar de madeira plantado num monturo de pedras. Algie disse que era um "poste de urso", para atrair os animais à arma do caçador.

Gus sacou a faca e abriu a janela da frente, soltando uma cascata de cacos de vidro. A velha choça exalava um cheiro embolorado de algas marinhas.

Gus espiou seu interior.

– Creio que podemos usar como canil. O que acha, Algie?

Algie deu de ombros.

– Meio pequena. Mas é uma pena desperdiçá-la. – Ele me olhou de banda. – Quer dar uma olhada lá dentro, Jack?

Eu não queria, mas não consegui pensar numa desculpa. Jamais gostei de espaços confinados e meu espírito se deprimiu ao me agachar atrás dele. Os gritos das gaivotas definharam. Só o que ouvia era o vento lamuriento na chaminé do fogão. O cheiro era denso em minha garganta: algas apodrecidas e mais. Como se alguma coisa tivesse se arrastado para cá para morrer.

As paredes eram pretas de fuligem, o teto baixo demais para alguém se levantar sem se recurvar. Num canto, um fogão de ferro enferrujado acocorado em pernas curtas e tortas. Contra a parede de trás, um beliche de madeira desabado sob um monte de escombros desmoronados. Cavoucando, Algie encontrou uma pele de rena mofada e um prato de estanho amassado. Torceu o nariz.

– Abominável. Inútil para os cães. – Ele saiu. Eu fiquei. Não sei por quê.

Pela primeira vez desde que chegamos a Gruhuken, pensei nos homens que estiveram aqui antes de nós; quem construiu esta choça de toras as arrastou da praia e viveu o "tempo de escuridão", depois partiu, sem deixar nada além de um prato de estanho e um dilúvio de ossos.

Como teria sido? Sem rádio, talvez sem companhia nenhuma; de qualquer modo, apenas um, numa choça deste tamanho. Saber que você é o único ser humano em toda essa vastidão.

Indo à janela da frente, limpei os cacos de vidro do caixilho e pus a cabeça para fora. Nenhum sinal de Algie e Gus. O poste de urso dominava a vista. Depois dele, a praia rochosa caindo ao mar.

De repente, senti-me desolado. É difícil descrever. Uma opressão. Uma queda desvairada de minha disposição. O romance da caça com armadilhas descascou-se e o que restou foi isto. Sordidez. Solidão. Como se o desespero desses pobres homens tivesse embebido cada madeira, como o cheiro de gordura no *Isbjørn*.

Saí rapidamente e respirei grandes golfadas de ar salgado. Detesto todo esse fuçar de ruínas. Quero que Gruhuken seja *nosso*. Não quero ser lembrado de outros que aqui estiveram.

11 de agosto

Sei que tenho razão. Diga o que quiser o maldito sr. Eriksson. O barco voltou de acordo com o programado e passamos dois dias descarregando. Terminamos hoje e teríamos começado a cabana se não fosse por ele.

Enquanto ele estava longe, decidimos onde construir. Isto levou cerca de cinco minutos, por ser inteiramente óbvio: onde fica a velha choça, na extremidade oeste da baía. Fica convenientemente perto do regato e os rochedos dão proteção contra os ventos da calota, *e* fica longe o bastante dos penhascos das aves para garantir que meus mastros de rádio tenham boa recepção.

Mas, ah, não, nada disso importa para o velho Eriksson. Para ele, precisamos ficar *a leste*, praticamente embaixo dos malditos penhascos. E devemos deixar a choça dos armadilheiros em paz.

– Isto é absurdo – eu disse. – Essa choça não tem utilidade para homem nem animal, deve vir abaixo.

– Não – disse Eriksson categoricamente.

– Por quê? – perguntou Gus.

Eriksson murmurou algo sobre os cães.

– Eu já lhe disse – Algie falou cansado. – Simplesmente não serve para eles.

– Também não serve para meu radiotelégrafo – falei.

Eriksson me ignorou.

– Estão deixando as ruínas da mina em paz, devem deixar isto também.

– As ruínas da mina não atrapalham – eu disse. – Esta choça, definitivamente sim.

– Não se construírem a cabana mais para leste – disse ele, o que nos levou de volta ao ponto de partida.

Isto continuou por horas. Por fim ele foi obrigado a concordar que seria melhor se não tivermos de andar por toda a baía para pegar água, mas ainda teimava que não tocássemos na choça. Algie cedeu primeiro, sugerindo que a usássemos como depósito. Depois Gus concordou que talvez pudéssemos construir nossa cabana ao lado dela. Foi quando perdi a paciência. Eles queriam preservar uma ruína, ou queriam comunicações que realmente funcionassem?

Mas, para ser franco, quero que a choça seja demolida porque simplesmente não tolero nem pensar nela. Alguns lugares o arrastam para baixo e este é um deles. Talvez sejam a pobreza e a solidão: um lembrete do que vim escapar aqui. Talvez eu simplesmente não goste.

De qualquer modo, eu venci.

Dia seguinte

Foi-se, embora tenha dado um trabalho infernal derrubá-la. Por algum motivo, ninguém da tripulação queria tocar na choça, assim tivemos de lhes pagar o dobro; *e* Eriksson teve de dar uma palavrinha severa com eles em norueguês.

Eles trabalharam num silêncio taciturno e nós ajudamos, arrastando a madeira para longe e cortando-a para fazer lenha. Nada resta agora, exceto pelo poste de urso, que Algie lhes disse para deixar, porque quer usar como mastro de bandeira. Observei que não trouxemos bandeira nenhuma, ele bateu na lateral do nariz e disse, ainda não. Meu Deus, ele pode ser irritante. Por que Gus o considera seu "melhor amigo", não faço ideia.

Foi um dia exaustivo e fomos nos deitar cedo. Gus e Algie já dormem. Gus faz carrancas em seus sonhos. Parece jovem e nobre, como o primeiro oficial no alto do Somme. Algie ronca. Seus lábios vermelhos e grossos brilham de saliva.

Uma hora atrás, o clima mudou e desceu um vento gélido, uivando da calota. Ainda sopra, sugando e esmurrando a barraca. Os icebergs se moem na baía e de vez em quando um deles rompe-se com estrondo. Eriksson disse que, se o vento aumentar, vai clarear de qualquer modo, então suponho que valha de alguma coisa.

Esta noite, depois do jantar, quando ainda estava calmo, fomos admirar o local de nossa cabana. É perfeito. Até limpamos a maior parte dos ossos. Mas queria que Algie não tivesse mantido o maldito poste. Gruhuken parece ter um passado funesto. Não quero que nada disso se imiscua entre nós.

E é claro que ele teve de falar de como a maldita coisa funciona.

– Ao que parece, tem sua utilidade no inverno, quando a banquisa fica mais próxima da costa e traz os ursos. Eles são atraídos a coisas altas e eretas, especialmente com uma placa de gordura de foca pendurada no topo. Assim, só o que se precisa fazer é ficar em sua cabana com seu rifle metido pela janela e esperar até que um animal venha a seu alcance. Confesso que estou ansioso para atirar num deles.

– Algie, meu velho – disse Gus. – Isto não me parece bom. Não queremos ursos rondando o acampamento.

Ele e Algie afastaram-se, trocando provocações amigáveis, e andei até a praia.

Atravessando o regato, vi-me metido entre as rochas. Era quase meia-noite e o imenso aclive brilhava naquela luz baixa, dourada e misteriosa. De longe, parecia descer gentilmente nos baixios, mas na realidade terminava numa queda abrupta de mais de um metro. A água desce bem e pode-se ver bem seu fundo, imensos rochedos verdes e algas ondulantes como cabelo submerso.

Agachado na beira, vi as ondas baterem e os blocos de gelo acotovelando-se e ressoando. Ouvi esse crepitar peculiar como se falasse consigo mesmo.

Pensei, se eu caísse, não conseguiria subir de volta. Tentaria nadar até a parte mais rasa, mas o frio me pegaria antes de eu chegar lá.

Quando eu voltava, uma nesga de sol caiu no poste de urso. A madeira era prateada e embranquecida, exceto por alguns trechos calcinados e por algumas manchas mais escuras que devem ser de gordura. É difícil acreditar que já foi uma árvore em alguma floresta siberiana.

Por impulso, tirei a luva e coloquei a palma da mão ali. Era lisa e desagradavelmente fria. Não gostei. Um poste assassino.

Entretanto, penso que agora entendo o impulso que leva os homens a atirar em ursos. Não é pelas peles, pela carne ou por esporte – ou não é apenas por isso. Creio que eles *precisam* fazer. Precisam matar esse totem grandioso do Ártico para ter algum senso de controle sobre a vastidão desabitada – mesmo que isto não passe de uma ilusão.

Neste momento, uma sombra acelerou sobre a barraca e tomei tal susto que quase gritei.

Acalme-se, Jack. É só uma gaivota.

O vento sopra forte e os cães uivam. Estão inquietos esta noite.

— 6 —

15 de agosto, cabana em Gruhuken

A cabana está concluída e nos mudamos! Consumiu três dias, todos trabalharam como troianos e é linda. É inteiramente preta: paredes cobertas de papel alcatroado, teto de feltro, com a chaminé do fogão projetando-se um pouco torta do alto, como a casa da bruxa de *João e Maria*. As duas janelas da frente são de tamanhos diferentes e parecem olhos desiguais.

Entre elas há um pequeno alpendre fechado, no alto do qual Gus pregou dois chifres de rena: um belo toque baronial. Se virarmos à direita e contornarmos o canto, encontraremos a latrina, que Algie chama pomposamente de lavatório. Nos fundos, a metade leste da cabana dá para um abrigo de caixotes e tela para os cães, enquanto a metade oeste faz limite com os rochedos. Toda a cabana é cercada (exceto pelo canil e os rochedos) por uma calçada de cerca de meio metro de largura. Quando se está dentro dela e alguém anda por ali, podem-se ouvir os passos e sentir o piso vibrar – como Algie gosta tanto de demonstrar.

Meus mastros de rádio ficam alguns passos a oeste e depois deles a tela Stevenson para as medições meteorológicas. Cercamos para isolá-los dos cães e fincamos uma fila de estacas intercaladas com cordas até o alpendre, que o sr. Eriksson diz que precisaremos neste clima ruim. O depósito de emergência fica perto dos penhascos; e plantamos as estacas dos cães diante de nossa cabana, para que possamos ficar de olho neles.

Antes mesmo de desempacotarmos metade dos objetos, fiz o teste com meu equipamento sem fio. Funciona. *Graças a Deus*. Meu coração estava na boca quando liguei o motor a petróleo para o grande transmissor. Quando as válvulas começaram a brilhar, o suor vertia de mim.

Trêmulo, bati nossa primeira mensagem para a Inglaterra. É infantil, eu sei, mas gostei de impressionar os outros. Veem? Eu não sou bom nisso?

Com os fones no ouvido e o receptor ligado, recebi nossa primeira comunicação do mundo. *MENSAGEM RECEBIDA PT TEMOS 5 MENSAGENS PARA VOCES PT*. Dois mil e setecentos quilômetros pelo éter e clara como um sino. *The Times* e RGS; Hugo, desejando-nos esportivamente sorte de Tromsø; a namorada de Algie; os pais e a irmã de Gus. Algie perguntou grosseiramente por que não havia nada para mim, então lhe contei. Pais mortos, sem irmãos, sem amigos. Acho que ele preferiria não ter perguntado.

O pequeno transmissor Grambrell também funciona com perfeição, como o receptor Eddystone, que liguei a tempo de ouvirmos o Programa Nacional da BBC. George Gershwin morreu e os japoneses bombardearam Xangai. Tudo parece muito distante.

Ou pareceria, se Algie não dissesse tolamente que o sr. Hitler precisa de uma bela sova. Gus lhe disse incisivamente para se calar. Como eu, ele não quer pensar em outra guerra. Disse-me outro dia que vem de uma linhagem de soldados que se estende até Crécy, então toda a coisa paira sobre ele. É de se pensar que Algie deveria ter se lembrado disso, uma vez que conhece Gus desde que eram meninos.

Ainda assim. Tudo isso agora acabou e estamos nos acomodando em nosso novo lar.

Tem nove metros por seis, o que parece muito, mas na verdade é muito apertado, pois temos equipamento demais. Quando se entra no alpendre, é preciso se espremer por um emaranhado de esquis, calçados de neve, pás e vassouras. Depois – e soube que isto será fundamental no inverno – fecha-se a porta da frente *antes* de abrir a do vestíbulo. (O sr. Eriksson chama de Primeira Regra do Ártico: sempre feche uma porta antes de abrir a seguinte. Especialmente numa nevasca.)

Com esta porta fechada a suas costas, você fica no escuro, porque o vestíbulo – que é estreito e se estende pela frontaria – não tem janelas, apenas suportes para armas e ganchos para os casacos impermeáveis, e um armário que Gus chama de seu quarto escuro. Também possui um alçapão para o teto, nosso principal depósito de alimentos.

Depois andar às apalpadelas pelo vestíbulo, abre-se a porta ao quarto – e *fiat lux*, uma janela! O quarto ocupa a extremidade leste da cabana e tem principalmente beliches, com prateleiras de caixotes na parede oposta. Só precisamos de três beliches, mas é mais fácil construir quatro. Fiquei com o de baixo, no fundo. (O beliche acima de mim fica desocupado; usamos como depósito de refugo.) Meu beliche fica mais perto do fogão da sala, o que é bom; mas tem o canil diretamente atrás dele. De meu beliche, pode-se ver diretamente a sala principal, porque a soleira não tem porta. A sua direita, ao entrar, temos o fogão, o barril de água e as prateleiras que compõem a "cozinha" (sem pia, naturalmente). A sala é dominada por uma grande mesa de pinho e cinco cadeiras, e contra a parede do fundo há prateleiras apinhadas de livros, munição, binóculos de campo, microscópios e provisões.

A extremidade oeste da cabana, no local da antiga choça dos caçadores, é minha área de radiotelegrafia. É tomada de receptores e transmissores, o motor Austin e o gerador movido a bicicleta, que dá para a janela oeste, de modo que posso ver meus mastros de rádio. Minha bancada de trabalho fica na frente, sob a janela norte, dando para o poste de urso. Como a área de radiotelegrafia fica mais distante do fogão, é perceptivelmente mais fria do que o resto da cabana. Mas isso não pôde ser evitado.

Depois de horas desempacotando, estávamos exaustos demais para preparar uma refeição adequada, então fiz uma grande panela de ovos de êider mexidos. (Compramos um barril da tripulação, que os recolheu aos milhares e embarcaram para a Noruega.) Têm duas vezes o tamanho de ovos de galinha, com cascas de um belo verde sarapintado. Deliciosos, embora com um sabor de peixe persistente. Ainda sinto o cheiro deles.

Escrevo isto na mesa principal, com o brilho de um lampião Tilley. Do lado de fora há luz suficiente para ler, mas aqui precisamos de lampiões, pois a maior parte do ambiente é escura: temos somente uma pequena janela a oeste na extremidade e a do norte na frente.

    Antes de acendermos o fogão, podíamos ver nosso hálito aqui, mas agora está aquecido. Deixamos a porta do fogão aberta e o brilho vermelho é animador. Ouço a chuva batendo no telhado e o vento gemendo na chaminé. Ontem o clima ficou tempestuoso. Pela manhã, os baldes de água dos cães estavam cobertos de gelo. Quando disse a Eriksson que está ficando invernoso, ele riu. Disse que, em Spitsbergen, o inverno só começa depois do Natal.

    São oito horas e passaremos a noite seguros aqui dentro. Digo "noite" porque embora ainda haja luz no exterior, assim parece. Neste fim de tarde, vi as primeiras estrelas tênues.

    Gus e eu estamos numa cabeceira da mesa: escrevo este diário, Gus fuma e toma notas para o relatório da expedição. Na outra ponta da mesa, Algie armou a máquina de costura Singer e prepara arneses para os cães. Assovia a mesma melodia frívola e, quando não está assoviando, respira ruidosamente pela boca.

    Assim, com Algie e a máquina, não é exatamente silencioso. Acrescentemos a isto o barulho dos cães. Todos são aparentados, o que deve minimizar as brigas, mas não se pensaria tal coisa a julgar pelo que vem do canil. Grunhidos, rosnados, latidos. Raspar de patas e bocas roendo. Explosões de uuuu-uuuus. Quando fica alto demais, gritamos e batemos na parede, e eles reduzem o som a ganidos de quem foi tratado com injustiça.

Como sempre, o sr. Eriksson e a tripulação voltaram ao barco para dormir. É sua última noite em Gruhuken e tenho a impressão de que eles estao aliviados. Amanha daremos um almoço em homenagem ao sr. Eriksson. Depois diremos um terno adeus ao *Isbjørn* e ficaremos sozinhos.

Mais tarde

Passei a meu beliche porque Algie está usando sua banheira dobrável de safari e prefiro não ver. Toda aquela carne bamboleante e sardenta. Seus pés são os piores. São lajes achatadas e rosadas, e os dedos dois e três projetam-se para além do dedão, o que acho repulsivo. Gus me viu olhando-os e corou. Sem dúvida ele se constrange por seu "melhor amigo".

Às vezes, porém, pergunto-me por que me é tão difícil tolerar Algie. Talvez porque estejamos tão espremidos. Todos ficamos mais peludos e mais sujos, e a cabana cheira a fumaça de madeira e roupas sem lavar. É preciso se abaixar sob varais de meias que secam e abrir caminho entre as roupas. As de Algie simplesmente pioram tudo. Ele jamais guarda nada. E toda manhã sacode o saco de dormir e o deixa pendurado no beliche para "arejar".

Nunca pensei que diria isto, mas estou muito feliz por não termos nos livrado dos cães. Naturalmente ainda não *gosto* deles e isto não vai mudar, apesar dos esforços de Gus. Ontem ele tentou me apresentar a sua favorita, uma cadela avermelhada e esquelética chamada Upik. Ela abanou o rabo para ele, mas quando me aproximei, rosnou.

Não me importei, mas ele ficou decepcionado: com Upik e talvez também comigo.

– Não sei por que ela fez isso – disse ele. – Você não tem medo dela, é de se notar.

– Não – eu disse –, mas também não gosto particularmente dela. Aposto que ela sente isso.

Ele ficou tão abatido que tive de rir.

– Desista, Gus! Nunca me tornará um amante de cães.

Neste momento, ouço-os uivando e arranhando a parede atrás de meu beliche. Para minha surpresa, não me importo em nada com o barulho. Na realidade, gosto dele. É tranquilizador saber que bem atrás de minha cabeça, do outro lado desta parede, estão criaturas vivas. Mesmo que sejam cachorros.

16 de agosto. Meia-noite. Primeira escuridão

O *Isbjørn* finalmente partiu e estamos sós.

Meu lampião lança uma poça de luz amarelada e, depois dela, as sombras. Agora pouco fui à janela norte. Vi o reflexo do lampião na vidraça, que está azul-escura e coroada de geada. Quando coloquei as mãos em concha no vidro e espiei, vi umas poucas estrelas em um céu índigo e a linha carvão do poste de urso.

Não há nada errado, mas quero anotar o que houve esta tarde. Para que minha mente compreenda bem.

Lá pelo meio-dia, parte da tripulação remou à praia e lhes demos uma caixa de cerveja como agradecimento. Eles trabalharam arduamente, mesmo que fosse por desespero para ir embora e ainda ter de velejar por algumas semanas antes do inverno.

Depois almoçamos com o sr. Eriksson. Adivinhando que ele apreciaria uma alteração na dieta do navio, servimos bochecha de boi enlatada e vegetais ao curry com chutney de Bengala, seguidos por peras californianas e abacaxi de Cingapura, depois chocolate Fry's e café. Ele desfrutou imensamente, embora no início parecesse intimidado com a louça Royal Doulton. Mas Gus abriu duas garrafas de clarete e uma caixa de charutos, e ele se alegrou bastante. Disse-nos como fazer a especialidade dos armadilheiros, panquecas de sangue, e nos aconselhou sobre como atravessar o período de escuridão.

– Andem durante o dia. Mantenham a rotina. Não *pensem* demais! – Acrescentou que se tivermos alguma "dificuldade", há um amigo dele, um armadilheiro experiente chamado Nils Bjørvik, que passa o inverno em Wijdefjord, 30 quilômetros a oeste. Defendeu enfaticamente esta ideia.

Depois nos surpreendeu dando-nos três vidros de amoras-brancas em conserva, que disse serem a melhor coisa para evitar o escorbuto. (Ele zomba da ideia da vitamina C e crê que nossos tabletes de Redoxon são um desperdício de dinheiro.) Fiquei comovido. Creio que os outros também.

Depois do almoço, a tripulação ainda tinha algumas horas de trabalho na montagem de nossas canoas Keppler alemãs. Gus desceu à praia com Eriksson para tirar fotografias e Algie limpou as coisas do almoço, seguindo nosso rodízio. Para aliviar a cabeça dos vapores do charuto, saí para uma caminhada.

Subi o regato, passando pelas ruínas da mina, e no início o terreno era um carpete elástico de salgueiro-anão e musgo. Eu andava a passos rápidos e logo transpirava. É algo a que ainda terei de me acostumar, ter de calcular quantas camadas vestir. O sr. Eriksson nos falou de um ditado norueguês: *Se estiver bem aquecido quando se arruma, está usando roupas demais.*

À medida que eu subia, a caminhada era mais dificultosa. Vi-me tropeçando em montes de pedrinhas miúdas e líquen preto e delicado. O vento era penetrante e logo senti frio. Nuvens toldavam a calota de gelo, mas senti seu hálito congelante. Quando tirei o chapéu, meu crânio começou a doer em segundos.

Por trás do silvo do vento e da tagarelice do regato, a terra jazia silenciosa. Passei pelo esqueleto de uma rena. Dei numa pedra alta perto de um lago pequeno e frio. Parei. Tinha consciência dos ruídos a minha volta – o vento, a água, minha respiração ofegante –, mas de algum modo isto só aprofundava a quietude. Senti-a com uma presença física. Imensa. Dominadora. Percebi que este lugar é e sempre será a terra de ninguém.

Suponho que se espera que Gruhuken me deixe um tanto desassossegado vez por outra. Afinal, fui criado na cidade, não estou acostumado ao meio selvagem. Mas. *Mas.* Pare neste aclive sabendo que não há nada a oeste de você até a Groenlândia;

nada a leste, exceto o oceano Ártico; nada ao norte até o Polo Norte – e nada além de nada.

Com um sobressalto, percebi que tinha me esquecido da arma. Pensei nos ursos e parti de volta, irritado por ter cometido erro tão básico.

Eu andara bem além do que pretendia e, abaixo de mim, nosso acampamento parecia um brinquedo de criança, reduzido junto das curvas pré-históricas dos ossos de baleia na praia. Na baía, o *Isbjørn* era mínimo. O céu era de um tom de amarelo estranho e doentio. O sol afundava no mar. Em alguns minutos, pela primeira vez, ele desapareceria.

Na baía, faiscou um remo. Um bote levava um grupo de homens de volta ao navio. Eu teria de me apressar, ou perderia as despedidas a Eriksson.

O crepúsculo chegou enquanto eu me atrapalhava sobre as pedras. O vento caiu a um sussurro. Ouvia o rangido de meu anorak, minha respiração laboriosa.

Ainda faltavam 500 metros até o acampamento quando vi um homem de pé diante da cabana, perto do poste de urso. Estava de costas, mas eu sabia que não era Algie nem Gus. Devia ser alguém da tripulação, dando uma última olhada na cabana que ajudou a construir.

O sol estava em meus olhos, mas distingui que ele não se trajava de marinheiro. Em vez de macacão, usava um casaco de pele de ovelha surrado, um gorro redondo e botas esfarrapadas.

Chamei-o.

– Ô, de lá! É melhor descer aos botes, ou ficará para trás!

Ele se virou para mim, uma figura escura contra o clarão. Fugazmente, vi que suas mãos estavam junto do corpo e que um ombro era mais alto do que o outro. Havia algo na cabeça tombada de lado que não me agradou. Ele não causou uma impressão agradável. Muito bem, causou uma impressão *des*agradável. Eu o queria longe de meu acampamento e seguramente indo para o navio. E, irracionalmente, desejei não ter atraído atenção para mim ao chamar por ele.

Sentindo-me tolo, continuei a descida. Precisava estar atento a meus pés. Quando olhei novamente, fiquei aliviado ao ver que o homem desaparecera.

Algum tempo depois, quando dei na praia, o sr. Eriksson estava na beira da água com o resto da tripulação, esperando para se despedir. Não havia sinal de Algie ou Gus e os homens pareciam nervosos, olhando por sobre o ombro para o sol que sumia.

Não vi ninguém de casaco de pele de ovelha, então mencionei o desgarrado ao sr. Eriksson.

Ele me olhou incisivamente; depois para seus homens. Pegando-me pelo braço, puxou-me de lado.

– Você se enganou – disse ele em voz baixa. – Não havia ninguém na cabana.

Bufei.

– Ora, mas havia, sabe disso. Mas está tudo bem, obviamente ele foi embora no outro bote.

Carrancudo, Eriksson meneou a cabeça. Ocorreu-me que ele pensou que eu poderia estar acusando um de seus homens de se demorar ali com o intuito de furtar algo, então disse rapidamente:

– Não importa, só falei no assunto para ele não ficar para trás. – Soltei uma risada desajeitada. – Afinal, preferimos não ter nenhum hóspede não convidado, um quarto homem na cabana.

Eriksson não pareceu gostar disto. Bruscamente, perguntou se eu falei com o homem. Disse a ele que não, a não ser para insistir que se apressasse e se juntasse a seus companheiros – o que claramente ele fez.

O norueguês abriu a boca para responder, mas neste momento Gus e Algie apareceram às pressas, trazendo nosso presente de despedida de clarete e charutos, então ele perdeu a oportunidade. Com certo embaraço, Algie e Gus fizeram discursos de agradecimento e Eriksson ruborizou e agradeceu. Seu jeito era tenso. Não creio que eles tenham percebido.

Quando foi a minha vez, ele pegou minha mão e a esmagou em seu aperto de urso.

– Tenha um bom inverno, Professor – disse ele, fixando os olhos cinza nos meus. Naquele momento, não pude interpretar sua expressão. Mas agora me pergunto se não seria de piedade.

Depois ele estava no bote e seus homens o empurravam para o mar. Enquanto balançava nas ondas, ele olhou para trás – não para nós, mas para trás de nossa cabana. Não pude deixar de fazer o mesmo. Só o que vi foram os cães, uivando e puxando as cordas em suas estacas.

Nós três ficamos ali, vendo o bote chegar ao *Isbjørn*. Vimos os homens subirem a bordo. Vimos içarem o bote. Ouvimos a descarga do motor enquanto o navio ganhava velocidade. Agora, só o que restava do sol era um talho carmim no horizonte. De repente, Algie bateu a mão na testa, virou-se e correu para a praia. Quando chegou ao poste de urso, içou a "bandeira" que quase tinha esquecido: um fulmar morto que ele baleou esta manhã. Ele o prendeu por uma asa, o vento a pegou e a fez bater, uma paródia de voo. Na baía, o *Isbjørn* respondeu baixando a bandeira.

À medida que o brilho do sol esmaecia, transformando o mar em bronze, vimos o navio desaparecer atrás do pontal.

– E então eram três – disse Algie.

Gus não respondeu. Contive um gesto de irritação.

– Fiquem aqui – ordenou Algie. Correndo de volta à cabana, ele retornou rapidamente com seu cantil de acampamento: duas garrafas de cristal com uísque e água, mais três copos de níquel aninhados em um transportador de couro. Também trouxe um misterioso embrulho ensacado; por acaso era um naco de gelo que cortara da calota no dia anterior.

– Pela primeira vez em semanas – ele ofegava –, é *oficialmente* a hora de beber.

Ele tinha razão. O sol se fora. Rolava uma barreira de nuvens cinzentas, apagando seu brilho moribundo.

Virei-me para os outros e bebemos boas-vindas à noite.

— 7 —

28 de agosto

Creio que antes fiquei um pouco tenso, mas não estou mais. Duas semanas de uma rotina de trabalho árduo puseram-me no prumo. Despertamos às seis e meia, vestindo as roupas na frente do fogão. O homem encarregado dos cães os deixa sair; o encarregado da cozinha começa o café. Os deveres de leitura implicam ir à tela Stevenson (que parece uma colmeia de pernas, com uma tela coberta para proteger os instrumentos de registro automático em seu interior). Às sete horas, leem-se os gráficos, depois são verificados o anemômetro, o cata-vento, a precipitação de neve e geada (em uma pequena esfera de bronze que parece um globo de alquimista).

Às sete e meia estou no gerador a bicicleta, transmitindo as leituras à estação governamental na ilha Bear, de onde seguem para o sistema de previsão de tempo na Inglaterra. Café da manhã às oito: pão assado pela "sra. Balfour", com bacon e ovos ou mingau. Ao meio-dia há uma segunda rodada de leituras e transmissões, e outra às cinco. Os cães são alimentados às seis da tarde. Entre esses horários, caça e coleta de madeira; Algie parte para seu levantamento geológico (para meu alívio) e eu saio de bote com Gus para ajudá-lo a coletar plâncton e pequenas lesmas aquáticas numa rede.

Uma vez por semana ligo o Austin e fazemos contato com a Inglaterra com mensagens a familiares e amigos, e despachos ao *Times* e a nossos patrocinadores. Estes, Gus os redige: opiniões loquazes sobre a vida selvagem e os cachorros. A Inglaterra parece cada vez mais remota e ele tem uma dificuldade crescente em pensar no que dizer.

O clima muda com tal rapidez que é desconcertante. Duas semanas atrás, a geada tornou escarlate os salgueiros-anões nos aclives, como manchas de sangue. Dez dias depois, deixamos uma fresta aberta na janela do quarto e acordamos com uma invasão de neblina. Na noite passada tivemos nossa primeira nevasca. Como meninos, colocamo-nos nela de cara virada para os flocos que caíam rapidamente. Agora Gruhuken está vestido de branco. Até o canil se tornou uma estrutura de pureza e graça. A neve mudou a sensação do acampamento. A neve silencia tudo, exceto os passos. É preciso se acostumar com isto.

As noites se alongam a uma velocidade alarmante: 20 minutos a mais diariamente.

O que quero dizer com alarmante? Eu gosto. Agora estou acostumado a viver lado a lado com os outros e desfruto das longas noites na cabana. Gus trabalhando no microscópio, chamando-me para ver alguma nova maravilha, depois zombando de mim quando finjo não entender. Algie limpando armas e rotulando fósseis. (Ele ainda é irritante, mas Gus vetou os banhos, porque fazem bagunça demais; e, como esfria muito, nem mesmo Algie é assíduo nos banhos de esponja.) Fumamos e ouvimos o rádio. E eu me atualizo com as últimas teorias extravagantes da física. Antes de sair de Londres, meu antigo professor me enviou uma pilha de periódicos. Quando os leio, tenho uma centelha de empolgação. Lembro-me de como me sentia. Como costumava sonhar.

Penso nisso quando trabalho em minha bancada de radiotelegrafia. Às vezes pego meu reflexo na janela. Mal me reconheço. Meu cabelo está mais comprido e a barba me torna mais jovem, mais esperançoso. Sinto-me esperançoso. Talvez Gus tenha razão. Talvez eu não tenha perdido minha chance.

É estranho, mas o canto de radiotelegrafia é tão frio que tenho de vestir um pulôver a mais. E às vezes há um cheiro fraco e desagradável de alga marinha. Lavei tudo com Lysol, mas ainda está ali. Não creio que os outros tenham reparado.

Mas ainda amo Gruhuken. Fica a milhões de quilômetros da polidez afetada e rota de Tooting; das preocupações se seu colarinho suportará mais um dia. Minha pobre mãe viveu para isso. Lembro-me dela "fazendo os degraus" de nossa casa em Bexhill. Havia uma menina para cuidar da limpeza grossa, mas os degraus eram domínio dela. Ela fez os da porta com pedra de soleira branca, os do portão, com cinza. Pensando nisso agora, é de partir o coração. Passar a vida toda pintando pedras.

Gus também ama este lugar, porque não tem criado nenhum; disse que é a primeira vez que pode fazer a cama ele mesmo.

Não sei quanto a Algie. Ele insiste em ter o rádio ou o gramofone ligado o tempo todo e agora deu para assoviar entre os dentes. Às vezes penso que ele não suporta nem um instante de silêncio. Do que ele tenta fugir?
Nos últimos dias, grandes bandos de aves começaram a se reunir na baía. Gus disse que estão se preparando para partir.

30 de agosto

Gus tinha razão, os cães acabaram por me conquistar. Bem, um deles.
Até esta tarde, eu só progredi ao aprendizado de seus nomes. Os líderes da matilha são Upik, a cadela avermelhada, e seu parceiro Svarten. Eli, Kiawak, Pakomi e Jens são sua progênie; e Isaak e Anadark os mais novos, só têm um ano, embora pareçam lobos adultos. Foi Isaak que caiu no porto em Tromsø.

Ontem, Gus e Algie saíram para caçar e eu lia na cabana quando houve um pandemônio do lado de fora. Pensando de imediato em ursos, vesti minha roupa, peguei o rifle e saí de roldão pela porta.

Graças a Deus não eram ursos. Os cães latiam e puxavam as cordas nas estacas para pegar o mais novo, Isaak. De algum modo ele encontrou uma lata de *pemmican*, abriu a roídas e nela prendeu o focinho. Cambaleava às cegas, batendo a cabeça nas pedras com aquele capacete.

Quando ele ouviu minha aproximação, parou. Não me dei tempo para pensar, simplesmente corri e prendi seu corpo entre os joelhos, como Gus e Algie fazem quando colocam o arnês. Isaak se contorceu, mas não conseguiu se soltar, e puxei a lata de sua cabeça.

Meu Deus, ele foi rápido. Saltou e me deu uma cabeçada que me deixou estatelado e fez a lata voar. Ele investiu para ela – e prendeu a cabeça *de novo*.

– Cachorro mau! Cachorro mau! – gritei inutilmente enquanto lutava para me levantar. Depois tudo recomeçou – só que desta vez, quando tirei a lata de sua cabeça, saí do caminho num salto. Fiquei tão satisfeito comigo mesmo que esvaziei a lata de *pemmican* na neve para ele, que a tragou de um gole só, depois se postou abanando o rabo, com os olhos azuis de gelo brilhando de anarquia. *Vamos de novo!*

Maldição, que maldição. Ele rasgou uma orelha na lata. Depois do que ele me fez passar, eu não ia deixar que tivesse tétano, então o soltei da estaca e o arrastei para a cabana a fim de tratá-lo. Na metade do caminho percebi que devia ter apanhado primeiro o desinfetante, deixando-o amarrado do lado de fora. Ele parece pensar o mesmo, pois me lançou um olhar de dúvida.

O truque de manejo de um husky é pegá-lo pelo arnês e erguê-lo um pouco, para que as patas dianteiras não toquem o chão; assim, ele não pode fugir de você. Pelo menos era assim em teoria, eu nunca havia tentado até agora. Erguendo um pouco Isaak no que eu esperava que fosse a maneira correta, puxei-o pela porta da frente, peguei um frasco de desinfetante na prateleira do vestíbulo e levei o cão para fora. Depois de amarrá-lo bem à sua estaca, eu transpirava. Os huskies não são imensos, mas, por Deus, são fortes.

Murmurando "bom garoto, você é um bom husky", borrifei o desinfetante. Ele nem mesmo grunhiu. Creio que ele também ficou surpreso. Quando acabou, eu estava tão aliviado que o recompensei com outra lata de *pemmican*.

Gus e Algie voltaram e lhes contei o que acontecera. Algie bufou e disse que eu não devia favorecer um cão na frente dos outros. Gus se limitou a sorrir. Eu disse que não tinha motivos para isso, que é o cachorro mais burro que já vi, imagine meter a cabeça numa lata *duas vezes*.

Gus soltou uma gargalhada.

– Burro? Jack, ele conseguiu duas latas de *pemmican* de você!

Desde então, Isaak tem me vigiado com os olhos. Se por acaso eu olhar para seu lado, ele abana o rabo e solta um ronronar rouco. E esta tarde, quando eu fumava um cigarro, ele se aproximou e encostou-se à minha perna.

15 de setembro

As aves estão partindo e as noites se alongam.

Está escuro quando acordamos e escuro quando comemos a ceia. Quando estou na calçada olhando para dentro, as janelas emitem um brilho laranja acolhedor e a sala principal é iluminada como um teatro. Mas quando estou na tela Stevenson, as montanhas assomam e tenho a sensação de que o escuro espera para reivindicar suas terras. Depois fico ansioso para voltar para dentro, puxar as cortinas e fechar a noite. Mas não posso, porque não temos cortina nenhuma.

Em um de meus periódicos, alguém concluiu num artigo que o que sabemos do universo não passa de uma porcentagem mínima do que realmente existe. Afirma que o que resta não pode ser visto nem detectado, mas está ali e ele chama de "matéria escura". É claro que ninguém acredita nele; mas a ideia me é inquietante. Ou melhor, não a ideia em si, meramente um estranho conceito sobre o espaço sideral. O que não me agrada é a sensação que às vezes tenho de que outras coisas podem existir à nossa volta e delas nada sabermos.

Em um mês, no dia 16 de outubro, veremos o sol pela última vez. Segundo os livros, ainda haverá *alguma* luz por poucas semanas depois disso, porque ao meio-dia o sol não estará tão baixo no horizonte. Chamam isso de "aurora do meio-dia". Depois, nada.

Mas, meu Deus, as cores que vemos agora! Se estiver claro, o amanhecer confere ao céu um dourado róseo maravilhoso. A neve cintila como diamante. As costelas de baleia na praia são deslumbrantes. O teto de nossa cabana é recoberto de branco, suas paredes têm crostas de gelo. Depois de algumas horas, a luz se altera e a baía se torna um manto de bronze. O dia morre num esplendor de cores impressionantes: carmim, magenta, violeta.

Tanta luz.
E agora isto.

Foi depois da ceia, eu lia e fumava à mesa. Algie jogava paciência e tamborilava os dedos numa tatuagem, e Gus havia saído para ver os cães. De repente ele entrou.

– Rapazes! Aqui fora, rápido!

Como fazia dez graus negativos, "rápido" significava um arrastar febril de botas, blusões, casacos impermeáveis, cachecóis, luvas e gorros.

Valeu a pena.

– O pelo dos cães crepitava de estática – murmurou Gus. – Foi assim que soube.

Ficamos parados ali, esticando o pescoço para a aurora boreal.

As fotografias não lhes fazem justiça. É o movimento que mais impressiona. Aquelas ondas verde-claras e luminosas rolando, quebrando-se e oscilando pelo céu – desaparecem e aparecem de novo em outro lugar – e tudo num silêncio sinistro. Um mar de luz. Sei que para algumas pessoas é uma experiência religiosa, mas me intimidei. Aquelas ondas grandiosas, cintilantes... Tão vastas, tão distantes. Inteiramente indiferentes ao que há abaixo. E, de um modo estranho, aquela luz extraordinária parece apenas enfatizar a escuridão além dela.

Algie rompeu o feitiço com um assovio e pela primeira vez não me importei. Logo em seguida, ele entrou.

Nós dois ficamos ali, vendo o céu.

Gus falou em voz baixa.

– É difícil não se comover, não?

Grunhi.

Com o calcanhar, ele chutou a neve.

— Li em algum lugar que os esquimós acreditam que são os archotes dos mortos, iluminando o caminho para os vivos. Ele hesitou. — Eles dizem que se você assoviar, as almas dos mortos serão atraídas para perto.

Lancei um olhar incisivo, mas ele fitava as próprias botas.

— Acredita em alguma coisa disso, Jack? — Seu rosto era grave. Na luz do lampião, a geada brilhava em sua barba.

— Acreditar no quê? — falei, na defensiva. — Em espíritos brandindo archotes?

— Não, não, claro que não. Quero dizer... Em forças invisíveis. Nesse tipo de coisa. — Constrangido, ele chutou de novo a neve.

Imaginava o que ele queria dizer com "esse tipo de coisa", mas não queria falar nisso, não no escuro, então fingi não ter compreendido.

— Acredito no vento — eu disse —, que é uma força invisível. E em ondas de rádio.

Por um momento, ele ficou calado. Depois riu aos bufos.

— Muito bem, então. Seja o cientista sem imaginação.

— Não sou — repliquei. Para provar, contei o que lia nos periódicos do professor.

E devo ter me entusiasmado, porque seu lábio se torceu.

— E você os inveja, não é, Jack?

— O quê?

— Esses físicos em seus laboratórios. Você quer ser aquele que elabora as teorias loucas sobre o Universo.

Foi minha vez de ter constrangimento. E lisonja, por ele me conhecer tão bem. Porque ele tem razão, eu tenho inveja. *Deveria* ser eu, sonhando ideias loucas num laboratório de física. E talvez eu possa fazer isso, afinal. Talvez, quando voltarmos à Inglaterra, eu encontre um jeito de seguir adiante nos estudos. Gus acredita que posso. Isto deve contar para alguma coisa.

Então agora, sentado aqui e escrevendo, interrompo-me para fantasiar com os insights que terei em Gruhuken e como deixarei o mundo assombrado em minha volta.

Como as coisas mudam! Quando chegamos aqui, meus nervos estavam tensos. Todo aquele ensimesmamento com "a grande quietude" e ser assombrado por um foqueiro de casaco de pele de ovelha. Mas agora que Gruhuken é realmente nosso, não sinto mais tensão alguma.

1º de outubro

Não suporto, ele é intolerável. Sei que os cachorros precisam de carne fresca e sei que isto significa matar algumas focas. Mas meu Deus!

Ontem fui com ele na canoa, tive sorte e alvejei uma foca. Remamos como loucos e a arpoamos antes que ela afundasse, depois a arrastamos para a praia. Os cães ficaram frenéticos em suas estacas. Gus desceu para nos ajudar a cortar a carcaça.

Algie era o açougueiro-chefe, porque naturalmente ele é especialista depois de seis semanas na Groenlândia. Então ali estava ele, tirando a pele da foca – ou devo dizer "esfolando" – com sua grande e horrível "faca de esfolar" (por que ele não pode chamar simplesmente de faca?). Mas quando ele corta o ventre, a criatura estremece. Suas tripas se derramam, o sangue ensopa a neve, aquele cheiro de cobre quente se agarra à minha garganta, mas seus olhos são grandes e lisos como ameixas – estão *vivos*.

– Meu Deus, ela não morreu! – grasnei enquanto procurava por uma pedra para dar um fim àquilo. Gus ficou lívido e se atrapalhou com a faca. Algie calmamente continuou a despelar. Só quando chegou à parte acima do coração, ele cravou a faca e encerrou a questão.

Por quê? Para nos mostrar como era valentão? Ou porque ele odeia este lugar e está se vingando?

Eu disse que ele me deixava enojado. Ele disse que se era assim para mim, eu deveria ter feito alguma coisa, e não apenas olhar. Teríamos trocado uns murros se Gus não me puxasse dali, deixando Algie fervilhando.

– Sei que ele é seu amigo desde sempre – eu disse a Gus quando me controlei –, embora eu não consiga nem mesmo imaginar o motivo para isso. Mas você viu o que ele fez. Não me diga que vai se desculpar por ele.

Gus ruborizou.

– Não tem desculpa. Desta vez, não.

Fiquei enormemente feliz com isso.

É de se pensar que esfolar uma foca viva bastaria, mas hoje Algie foi além – ou teria ido, se nós dois não o impedíssemos.

Durante dias, ele tentou evitar que os cães mascassem os arneses e esta tarde declarou que já bastava, pegando seu martelo geológico.

– Mas o que vai fazer com isto? – eu disse.

– Não se preocupe, meu velho – disse ele alegremente –, é só um truque de esquimó que conheço. Você quebra os dentes de trás deles. Funciona maravilhosamente.

Gus e eu o encaramos, alarmados.

Algie revirou os olhos com se fôssemos imbecis.

– É praticamente indolor! Você simplesmente os pendura de cabeça para baixo até que desmaiem, depois bate com o martelo. Eles ficam um tantinho abobados por um tempo, mas logo se recuperam. Os huskies são duros como aço, não sabiam?

Lentamente, coloquei-me de pé.

– Se chegar perto destes cães com o martelo, arrebentarei sua cara.

– Jack. – Gus coloca a mão em meu ombro.

Desvencilho-me dele.

– Eu falo sério, Algie.

– Não me importa o que vai fazer, meu chapa – disse Algie, ruborizando. – Não é o encarregado dos cães. Eu sou.

– Não sou seu chapa – eu disse – e sou mais do que capaz de impedi-lo, então...

– Jack, não – disse Gus. – Deixe comigo. – Ele se virou para Algie. Seus olhos eram vítreos, as feições cinzeladas em mármore. – Como líder desta expedição, estou lhe avisando, Algie, que o proíbo terminantemente de fazer isto. Está claro?

Os cílios claros de Algie estremeceram. Depois ele soltou um suspiro e jogou o martelo no chão.

– Meu Deus, que balbúrdia por alguns cachorros! Não creio que ele tenha a mais leve concepção do que signifique "balbúrdia". Penso que ele genuinamente acredita que os animais não sentem dor. E é claro que sou um efeminado por acreditar que sentem.

Se ele tocar em Isaak, quebrarei os dentes *dele*. Veremos se vai gostar.

6 de outubro

Teremos apenas algumas horas de luz do dia.

Vem o amanhecer e, bem no fundo, não se pode deixar de acreditar que haverá um dia inteiro pela frente. É um choque quando se percebe que a luz já muda e logo será noite novamente. É difícil se acostumar com isto, essa sensação do escuro crescente. Esperando para dominar.

No momento há uma lua, então não é tão ruim, mas sabemos que não durará muito. Estranho. No verão, quando havia luz o tempo todo, a lua era tão fraca que mal se notava. Agora seguimos cada movimento dela.

Procuro treinar a mim mesmo para encontrar o caminho no escuro sem usar uma lanterna. Não gosto de como o facho de luz atrai os olhos e torna impenetrável o que está além. Suponho que seja o mesmo quando se está dentro da cabana, acende-se um lampião e ele impede que vejamos o exterior. Ou melhor, não impede inteiramente; há uma gradação. Acenda um lampião e ainda poderá distinguir os cães, ou o poste de urso. Com dois lampiões, é mais complicado. Com três, só se pode ver o reflexo dos lampiões nas vidraças. Uma observação trivial, naturalmente, mas aqui me parece nova. É tão estranho que a luz impeça alguém de ver.

Hoje está mais frio, quinze graus negativos. Abastecer o fogão está se tornando uma preocupação. E levamos um século para nos vestir, mesmo que seja apenas para pegar achas de lenha, bem junto à porta. Quando voltamos, precisamos espanar a neve das roupas e tirar a geada da barba antes de entrar na cabana. Na semana passada tivemos de quebrar o gelo no regato para alcançar a água. Agora não há água, e é um balde de gelo que trazemos à cabana.

As aves partiram. Os penhascos estão silenciosos. Tem-se a sensação de algo à espera.

12 de outubro

Quatro dias atrás, o sol se foi para sempre.

Vem o amanhecer, depois se transforma em anoitecer, sem nada entre os dois. Mas nos últimos três dias nem isto vimos, devido à névoa. O acampamento é uma ilha que flutua em cinza. Sem cores, apenas cinza. E a quietude.

Sente-se uma ansiedade constante. É infantil, mas real, tememos perder o que resta do sol. Todo dia você acorda e diz a si mesmo, *certamente* a névoa vai subir, não? Mas não sobe. E na hora do almoço sabe-se que se está diante de mais 24 horas de quietude cinza e inerte. E se a névoa subir apenas quando for tarde demais? Deve ser por este motivo que não ando dormindo muito bem. Sei que tenho sonhos e que eles são sombrios e exaustivos, porque acordo intranquilo, sentindo ter lutado. Mas não consigo me lembrar.

E não sou o único. Algie se levanta durante a noite e Gus geme dormindo. E às vezes entro e eles estão conversando, mas se calam ao me ver. Eu não devia me importar, mas me importo. Magoa. Pensei que a questão da foca tivesse aberto os olhos de Gus. Será possível que ele esteja se reaproximando de Algie? Os cães também estão indóceis. E quando os soltamos para correr, eles sempre vão para a extremidade leste da baía, nunca para o oeste.

Hoje é minha vez de fazer as leituras das cinco horas. Está escuro, evidentemente, mas mesmo na neblina a neve cria uma espécie de brilho cinza e fraco. Pode-se achar o caminho, se conhecer o terreno, e embora não se distingam rostos, podemos reconhecer criaturas por seu movimento: uma raposa do Ártico, um cachorro, um homem.

Minha respiração estala nas narinas enquanto vou à tela Stevenson. Tenho que caminhar com cuidado. Choveu cinco dias atrás e há gelo sob a neve, tornando-a traiçoeira.

Não gosto de como carregamos nossos ruídos conosco. Não gosto do capuz impedindo a visão, assim não se sabe o que está atrás. Na semana passada tentei levar Isaak comigo, numa corda presa a seu arnês. Não deu certo. Ele ficou nervoso, ofegante e baixava as orelhas. Creio que seja porque a tela Stevenson fica a apenas 30 metros das rochas e por algum motivo ele não gosta delas. Talvez só tenha medo do mar. Estamos todos um tanto tensos. Será melhor depois que o sol se for para sempre e pudermos esquecê-lo e tocar a vida.

16 de outubro

Eu o vi. Escrever estas palavras me faz suar frio. Mas tenho de registrar isto. Preciso entender.

O céu clareou pouco antes do meio-dia, então saímos para uma última visão do sol. Era a vez de Gus fazer as leituras na tela Stevenson, mas fui com ele para ver o sol nascer e se pôr – o que, a essa altura, é praticamente a mesma coisa. Algie ficou na cabana. Disse que o alarmava vê-lo ir embora. Desta vez, ninguém sugeriu um uísque cerimonial.

Crepúsculo. Atrás dos penhascos das aves, um brilho vermelho de amanhecer, mas a oeste era noite: a cintilação fria das estrelas. Os ossos escuros das montanhas se projetavam pela neve. Na praia, as costelas de baleia brilhavam devido à geada, e as rochas que desciam ao mar eram brancas e lisas. A água era de um roxo escuro, nítido e estranho.

Graças aos penhascos, não podíamos ver muita coisa. Vimos o céu se cobrir de um sangue inflamado enquanto o sol lutava para nascer. Vimos uma lasca de fogo. Um amanhecer abortivo. O sol afundou, derrotado.

Acabou-se.

Fechei os olhos e ele ainda estava ali, ardendo por trás de minhas pálpebras. Abri-as. Foi-se. Só o que restava era um brilho carmesim.

– Então, acabou – disse Gus em voz baixa.

Quatro meses sem o sol. Não parecia real.

No canil, os cães começaram a uivar.

– Eles também sentem – disse Gus.

Forcei um sorriso.

– Gus, acho que só estão com fome.

Sua boca se retorceu.

– Bem, eles terão de esperar mais algumas horas. Você vem?

– Daqui a pouco. – Eu ainda tinha tempo antes de fazer a transmissão das leituras. Não queria perder nada daquele brilho carmim.

Ouvindo cada vez mais baixo o som das botas de Gus esmagando o chão, vi que ele se apagava atrás dos penhascos, como brasas que se esfriam. A lua ainda não subira, mas ainda havia luz suficiente para enxergar. Sem vento. Os cachorros pararam de uivar.

Subitamente, sem motivo algum, tive medo. Não era apenas apreensão. Era um pavor profundo, visceral, penetrante. Minha pele se arrepiou. O coração batia na garganta. Eu não conseguia respirar. Meus sentidos se retesaram. O corpo soube antes de mim que eu não estava só.

A 30 metros nas rochas, algo se mexeu.

Tentei gritar. Minha língua ficou presa no céu da boca. Agachei-me na beira das rochas. A coisa escorria água. Acabara de sair do mar. Entretanto, a quietude era absoluta. Nenhum som de gotas batendo na neve. Nenhum rangido de impermeável ao subir. Lentamente. Desajeitadamente.

Parou. Olhou para mim. Escuro, escuro contra o mar. Vi seus braços pendendo junto ao corpo. Vi que um ombro era mais alto do que o outro. Vi a cabeça redonda e molhada.

Eu sabia, de pronto, que não era um caçador de um acampamento próximo, ou uma miragem polar, ou aquela desculpa antiga, "um truque da luz". A mente não sugere explicações que não se coadunem com os fatos para rejeitá-las segundos depois. Eu sabia o que era. Eu *sabia*, com uma parte ancestral de mim, que não estava vivo.

Eu estava de costas para a cabana e a porta se abriu um pouco. Uma luz amarela se derramou na neve.

– Jack? – Gus me chamou. – São quase dez e trinta. A transmissão...

Tentei responder. Não consegui.

As rochas estavam vazias. Ele se fora.

Fiquei ali, respirando pela boca. Gaguejei uma resposta a Gus, disse que eu estava bem, que entraria logo.

Ele fechou a porta e a luz se apagou.

Nunca senti tal relutância como naquela hora, mas me obriguei – *decidi-me* – a pegar minha lanterna no bolso e descer à praia, até aquelas rochas. A crosta de neve era frágil como vidro sob minhas botas. Imaculada. Sem rastros. Sem marcas de um homem saindo do mar. Eu sabia que não haveria nenhuma. Mas precisava ver com meus próprios olhos.

Parei com as mãos junto do corpo, ouvindo o bater das ondas e o tinido de gelo.

O pavor se esgotara, deixando o assombro. Meus pensamentos giravam. Não pode ser. Mas eu vi. Não pode ser. Mas eu vi.

E eu sei, embora não possa saber *como*, que o que vi naquelas rochas foi a figura que vi no poste de urso, dois meses atrás, na primeira escuridão.

É real. Eu vi.

Não está vivo.

— 8 —

17 de outubro

O dia todo estive tentando compreender. O que vi? Devo contar aos outros? Quando voltei à cabana, eram 12:29 e tive de me arrastar para fazer as transmissões. Eu era duas pessoas. Uma era o operador de radiotelégrafo pedalando o gerador a bicicleta; a prancheta na mão esquerda, batendo a chave com a direita. A outra era um homem que acabara de ver um fantasma saindo do mar. Não consigo me lembrar do que fiz depois disso. Mas lembro-me de olhar a minha volta na cabana. O brilho alaranjado do lampião, as meias e os panos de prato no varal acima do fogão. Gus e Algie comiam bolos de aveia Paterson com xarope Golden. Não me sentia parte disto. Eles estavam de um lado, eu do outro. Pensei, como tudo isso pode existir no mesmo mundo *assim*?

De algum modo, atravessei o resto do dia. E estranhamente dormi feito uma tora.

Era a vez de Algie fazer as leituras de hoje, graças a Deus. Fiquei de serviço na cozinha. Agarrei-me a isto como dizem que um homem que se afoga se agarra a palha.

Para o café da manhã, preparei o que Algie chama de "*kedgeree* de internato". Eu disse a mim mesmo, isto é a realidade. O cheiro de café. O gosto amanteigado de bacalhau e ovo cozido. Só coloquei o pé para fora da cabana para ir à latrina. Limpei a cozinha e lavei roupas. Fiz bolinhos de queijo e picadinho de foca para o almoço. Tentei ler um dos periódicos do professor. Vi as transmissões.

Para o jantar, preparei meu cozido de *pemmican*. O *pemmican* é um misto de carne magra e gorda, desidratada e comprimida em blocos com albumina. Quebra-se em nacos e ferve-se com água. Se colocar água demais, tem-se um lodo escorregadio; água de menos, fica repugnante. Em geral acerto. Acrescento batatas, vegetais desidratados e meu ingrediente secreto – tempero pronto Oxo –, obtendo um cozido picante, capaz de me saciar.

Guardar um segredo é trabalho árduo. Eu estava quase exausto demais para comer. Algie também parecia cansado e Gus estava mal-humorado e beliscava a comida. Nenhum de nós sugeriu o rádio e fomos nos deitar cedo.

Escrevo estas linhas em meu beliche. Atrás de minha cabeça, vêm arranhões do canil. Amanhã será minha vez de fazer as leituras. Estou apavorado. Levarei Isaak.

Não tenho coragem de contar aos outros, ainda não. Queria poder acreditar que o que vi nas rochas era fruto de minha mente, porque assim não seria real. Mas sei que não é verdade. Eu senti aquele pavor. Eu vi o que vi.

Gruhuken é mal-assombrado.

Aí está. Eu disse. Por isso Eriksson não queria nos trazer para cá. Por isso a tripulação sempre dormia no navio e ficou tão ansiosa para partir antes da primeira escuridão.

Mas o que isso quer dizer, "mal-assombrado"? Procurei no dicionário de Gus: "*Assombrar: 1. Visitar (pessoa ou lugar) na forma de fantasma. 2. Retornar (memória, pensamentos etc.), p. ex., ele foi assombrado pelo medo da insanidade. 3. Visitar frequentemente. [To haunt, do nórdico arcaico heimta, trazer para casa, do inglês arcaico hamettan, para dar um lar a.]*"

Preferia não ter lido isto. E pensar que algo tão horrível deve ter sua origem em algo tão, bem, despretensioso.

Mas o que *é*?

É um eco, é isso. Um eco do passado. Li sobre o assunto, chama-se "memória de lugar", uma ideia conhecida, propalada desde os vitorianos. Se algo acontece em um lugar – algo intensamente emocional ou violento –, imprime-se ali; talvez alterando a atmosfera, como as ondas de rádio, ou afetando a matéria de modo que as pedras, por exemplo, tornam-se de alguma forma carregadas do que ocorreu. Assim, se aparece uma pessoa receptiva, o lugar repassa o evento, ou fragmentos dele. Você simplesmente precisa estar ali para captar. E quem melhor para fazer isso do que um operador de radiotelégrafo? Ha-ha-ha.

Sim, deve ser isso. Não creio que eu esteja me agarrando a palha. O que mais pode ser? É a única explicação que faz algum sentido.

E significa também que o que vi nas rochas não existe realmente. Existiu um dia, mas não agora. É a isso que tenho de me prender.

O que vi foi apenas um eco.

18 de outubro

Mas um eco do quê? São cinco da madrugada e tenho de resolver isso antes de fazer as leituras das sete horas. Um eco do quê? Deve ser de algo que aconteceu aqui. Algo ruim. Sei que foi ruim, por causa do pavor.

Folheei meus livros sobre Spitsbergen, mas não encontrei menção alguma a Gruhuken. E estive debruçado sobre este diário e reli o que escrevi sobre os homens que vieram aqui antes de nós. Não havia grande coisa e não tenho certeza de sua precisão, porque na época eu não estava interessado. Não pensei que fosse importante. Primeiro foram os armadilheiros, depois mineradores, segundo disse Eriksson. Todos aqueles ossos, as ruínas da mina e aquele emaranhado de arame na praia. As placas de posse. A choça.

Aquela choça. A desolação quando me esgueirei para dentro. Será que algum caçador ou minerador morreu sozinho ali? É disto que se trata?

Preciso saber. É uma compulsão, uma curiosidade terrível. A mesma curiosidade, suponho, que me fez parar no Embankment naquela noite e ver que tiravam um corpo do Tâmisa.

Hora de me vestir para fazer as malditas leituras. Sem dúvida nenhuma levarei Isaak.

Devo contar aos outros o que vi?

19 de outubro

Três dias desde que o vi, e nada. Nenhum problema ontem durante as leituras. Isaak não ficou nem um pouco indócil. Tentou cavar um buraco sob a tela Stevenson. Isso me deu coragem. Levei-o então comigo para procurar pistas na praia e nas ruínas da mina. É claro que não encontrei nada. Não no escuro, tudo coberto de neve. E, para ser franco, não consegui me obrigar a ficar lá fora por muito tempo. Para me sentir menos covarde, fui ao poste de urso e arriei a "bandeira" de Algie: o fulmar morto, pendurado ali havia semanas. Pensei que estaria podre, mas naturalmente fez frio demais. Isaak o destruiu em minutos.

Três dias sem incidentes e me sinto um pouco melhor. "*Nada há na vida para ser temido. Apenas ser compreendido.*" Tinha razão a velha Marie Currie. Senti medo porque não entendi o que vi. Agora que entendo – ou pelo menos tenho uma hipótese viável –, posso lidar com isso.

Provavelmente a certa altura terei de contar aos outros, mas ainda não. Falar nele o tornaria real.

Isso me faz pensar em minha mãe. Ela sabia bem evitar certos assuntos. Sempre se recusava a discutir o que havia de errado com meu pai. Costumava dizer, não, Jack, isto só torna tudo real. Isso costumava me enfurecer. Eu dizia: mas *é* real. E ela dizia: ora, mais real, então. E minha mãe tinha razão.

Nesta tarde, repentinamente, Algie perguntou se eu queria andar de trenó com os cães e de repente eu quis, e muito. É exatamente o que preciso: trabalho físico árduo. Ao diabo com todo o resto. Eu tinha certa pena de Algie. Ele não é um tolo completo, sabe que estava nos irritando e sabe que Gus prefere a mim. E creio que ele se sente mal pelo caso da foca e dos dentes dos cães. Talvez me convidar para o trenó seja seu jeito de reduzir a distância entre nós.

O trenó estava atrás da latrina, onde congelou rápido, então tivemos de cavar para soltá-lo. Depois precisamos colocar os arneses nos cães e prendê-los a seus tirantes. Eles entenderam de pronto o que acontecia e enlouqueceram, porque *adoram* correr. E Isaak deve ter dito aos outros que eu sou OK, porque eles se comportaram muito bem comigo.

O trenó é de madeira de lei com patins calçados de aço, praticamente indestrutível: corre em neve, gelo, até em pedra nua. Algie e eu nos colocamos atrás e, assim que ele desenganchou o freio, partimos: os cães correndo em silêncio e seriamente, na formação em leque dos esquimós, que parece caótica se comparada com o dois a dois europeu, mas se mostra estranhamente eficaz.

Meu Deus, foi revigorante. Sofríamos solavancos tão violentos que quase fui atirado para fora do trenó. Não é preciso se incomodar com faróis; enxergamos melhor sem eles, à medida que os olhos se adaptam à luz das estrelas e ao brilho da neve. Chocalhamos para oeste, sobre o gelo grosso e seixoso do regato, depois passamos das rochas. Sem tempo para ter medo. Não com o bater de patas e o arranhar do trenó, os rabos dos cães enroscando-se à direita ou à esquerda; e de quando em vez um cheiro penetrante, quando um deles defecava. Foi veloz e intenso, nitidamente vivo.

Algie não usa chicote, apenas grita *ille-ille* para a direita ou *yuk-yuk* para esquerda, e eles viram. Corremos ao sul sobre lascas de pedra cobertas de neve, junto da beira do Wijdefjord. Isaak, no extremo direito do leque, ficava olhando para mim. Uma vez, decidiu que bastava, voltou e pulou no trenó. Não pude deixar de rir ao enxotá-lo.

– Não vai pegar uma carona, bicho preguiçoso!

Algie parou para descansar a equipe, virando o trenó de lado para que não corressem com ele. Upik e Svarten, os mais experientes, deitaram-se serenamente e esfriaram a barriga, enquanto os outros rolavam na neve ou a mascavam, ou ficavam parados ofegantes, estendendo as línguas compridas.

Algie foi ajudar Jens e Anadark, que se embolaram, e me aproximei para cumprimentar Isaak. Seu dorso estava salpicado de neve, mas o pelo era tão denso que ela não derretia. Fuçando minha coxa, ele se encostou em mim. Sem pular, ele não era do tipo que pula.

Ao sul, o fiorde entrava fundo nas montanhas. Em algum lugar do outro lado ficava a choça daquele amigo armadilheiro de Eriksson, mas eu não via luz nenhuma. As montanhas eram de um carvão escuro, raiadas de neve cinza. O mar era negro.

Pensei no caminho para casa, passando pelas rochas, e estremeci.

Até então, supus que se eu contasse a alguém, seria a Gus. Mas agora, ao ver Algie recurvado sobre os cães, tive o impulso

súbito de me abrir com ele. *Aconteceu uma coisa muito estranha comigo outro dia nas rochas...*
 Em seguida pensei, e se ele achar que estou perdendo o juízo? Vai contar a Gus. E se eles começarem a se perguntar se podem confiar em mim?
 Ou, e se... E se eu contar a Algie, ele me olhar e disser: Que bom que você viu, Jack, porque eu vi também.
 Assim, não contei a Algie. E não contei a Gus quando voltamos à cabana. E agora, ao escrever isto em meu beliche antes de dormir, arrependo-me. Já não posso suportar tudo sozinho. Não posso mais.
 Amanhã cedo. No café da manhã. Contarei aos dois no café da manhã.

22 de outubro

Tarde demais. Você perdeu sua chance. Foi-se.
 Gus não se levantou para o café. Ficou deitado em seu beliche, febril e pálido. Fiquei irritado. Eu queria – não, eu *precisava* – que ele estivesse melhor. Não acreditava que poderia de fato adoecer.
 Nem mesmo quando a febre se agravou e ele ficou deitado com um joelho puxado para cima, agarrado à barriga. O manual de primeiros socorros da Cruz Vermelha não foi de ajuda nenhuma. Nem os sais hepáticos de Andrews. Mandei um telegrama a Longyearbyen e tive uma sessão laboriosa de pergun-

tas e respostas em Morse com o médico. Ele disse que parecia apendicite e que estava a caminho.

Não me lembro muito dos últimos dois dias. Algie e eu fizemos o que pudemos por Gus com garrafas de água quente e morfina. Alimentamos a nós mesmos e aos cães, e mantivemos as leituras e as transmissões. Nenhum de nós falava muito. Só pensávamos, E agora? Será o fim?

O médico chegou no *Isbjørn* – ele estava no povoado quando pedimos ajuda – e depois disso as coisas aconteceram rapidamente.

É estranho ver outras pessoas quando foram apenas três de nós por quase dois meses. Mas não houve tempo para apreender nada. O médico disse que Gus não precisava ser operado aqui (graças a Deus), mas tinha de voltar a Longyearbyen e ter o apêndice retirado lá. E um de nós teria de ir com ele, "caso acontecesse alguma coisa".

Por um momento desvairado, fiquei desesperado para que fosse eu. Saia deste lugar, ao inferno com isto aqui. Gus precisa de você.

Gus precisa de você. Foi o que me fez mudar de ideia. Ele se importa com a expedição tão profundamente quanto eu. E se eu fosse e Algie ficasse, seria o fim. Algie nunca teria disciplina para continuar sozinho. E Gus saberia que eu teria conseguido, poderia ter salvado a expedição, mas me esquivei.

Tudo isso passou por minha mente num átimo enquanto eu levei Algie ao canto do telégrafo, deixando o médico e o sr. Eriksson no quarto com Gus.

– Você irá – eu disse a Algie.

Ele me olhou e virou a cara.

– E você?

– Terei de ficar, não? – rebati.

– Mas... Certamente não sozinho.

– Ora, que merda você sugere?

Ele engoliu em seco.

– Pode vir também. O médico disse que se tudo correr bem, serão apenas algumas semanas, depois podemos voltar e continuar...

– Os cães, Algie! E a merda dos cães? Não há tempo para levá-los conosco, há? E não podemos simplesmente deixá-los aqui! *Podemos* tentar pagar a alguns homens de Eriksson para ficar e cuidar deles, mas não creio que concordarão. Então, aonde isso nos leva? Hum? Eriksson nos diria para dar um tiro nos animais e acabar com isso, mas não posso fazer tal coisa. Você pode?

Ele me olhou estranhamente.

– Você é tão racional, Jack.

– *Racional?* – Enxuguei a testa. – Escute. Mesmo que eu vá, acha que é o que Gus quer? Toda a expedição vai para o buraco porque não posso guardar o forte por algumas semanas?

Ele não argumentou. Penso que só protestou para apaziguar a consciência. E ele nunca se ofereceu para trocar de lugar comigo.

Colocaram Gus numa padiola, Algie espremeu algumas coisas numa mochila e partimos para a praia. Uma noite tormentosa, chuva e neve caindo aceleradas à luz dos lampiões. Quando manobravam a padiola para o bote, Eriksson pegou-me pelo braço e me puxou de lado. Disse que eu não podia ficar aqui sozinho, precisava ir com eles. Discutimos na neve gélida. Eu venci. Mas ele me olhou no rosto rapidamente e falou.

– Este é um erro terrível. Aquele que anda. Já o viu. *Ja?* Ora, essa me chocou. Talvez, no fundo, eu tivesse esperanças o tempo todo de que *fosse* apenas fruto de minha mente; e aqui estava Georg Eriksson, capitão endurecido do *Isbjørn*, aventando enfim essa ideia.

– Não importa o que vi – disse-lhe. – Não posso deixar os cães e não posso arruinar a expedição por causa de um eco!

Ele não entendeu o que quis dizer com isso, mas antes que eu pudesse explicar, chamavam-no: o bote estava pronto para partir. E eu me afastei para me despedir de Gus.

Foi quando me ocorreu. Gus estava muito doente. Gus podia morrer.

Senti ter levado um chute no estômago. Gus podia morrer.

Ele jazia embrulhado na padiola. À luz do lampião, seu rosto parecia entalhado em pedra, uma semelhança perturbadora com uma efígie.

– Jack – disse ele, ofegante. – Tem certeza disto? Ainda pode mudar de ideia e vir conosco.

– Não, não posso – falei com a maior gentileza possível. – Não posso mandar a expedição ao inferno. Além disso... Algumas semanas e vocês estarão de volta, em boa saúde.

– Obrigado, Jack. Muitíssimo obrigado. – Tirando a luva, ele mexeu a mão.

Segurei-a com força.

– Sentirei sua falta.

Ele forçou um sorriso.

– Eu também. Tenha cuidado, Jack. Tenha *cuidado*. Mantenha os cães com você.

– Não se preocupe, vou cuidar deles. Não se preocupe. Melhore logo.

Ele lambeu os lábios.

– Muito bem, Jack. Nem sei lhe dizer... – Ele puxou o ar. – Está se saindo muito bem.

E eu me *saí* muito bem, maldição, eu parado nos baixios, vendo o bote seguir entre os icebergs; enquanto ouvia o resfolegar do motor e via as luzes do *Isbjørn* irem para o oeste. Jack Miller, salvador da expedição. Heroicamente guardando o forte até que os outros retornassem.

As luzes se apagaram. Repentinamente, eu estava só, com o mar cinzento puxando em minhas botas, nessa noite que não tem fim.

Mas que diabos deveria eu fazer? Como poderia deixar ir a pique a coisa toda por causa de alguns ecos do passado? Posso mesmo me ver explicando à Real Sociedade de Geografia. "Lamento muitíssimo, amigos, não pude continuar. Vi um fantasma."

Como poderia fazer isso a Gus?

Além do mais, não estou sozinho aqui, não verdadeiramente. Tenho os cães. E o radiotelégrafo. E há aquele caçador em Wijdefjord, se eu precisar de ajuda.

Estou protestando demais, sei disto.

Mas o que deve se lembrar, Jack, é que é só um eco. Como uma pegada ou uma sombra. Não pode feri-lo. Só o que pode fazer é amedrontar.

9

23 de outubro

Bem, passei pelo primeiro dia. Rotina, esta é a questão. Leituras às sete, ao meio-dia e às cinco da tarde; transmissões de meia em meia hora. Mantive os cães comigo e, até agora, sem problemas – a não ser para prendê-los novamente. Alguns doces fazem maravilhas: balas de conhaque e Fruitines. Guardei o caramelo para Isaak.

Enquanto me mantenho ocupado, cozinhando, telegrafando, cortando madeira, alimentando e dando água aos cães, sinto-me estranhamente constrangido.

– E agora – digo em voz alta –, o que temos para o café da manhã? Ovos fritos? E o jantar? Muito bem, então, será curry!

E noto que me refiro a mim mesmo como "nós". Não "eu", "você" ou "Jack". Não me agrada admitir minha solidão em voz alta.

Há uma novidade em espalhar minhas coisas pela cabana e comer o que gosto. Na ceia de ontem à noite, inventei um prato forte de cebolas e pudim de carne enlatada, fritos com batatas e queijo. Mantenho o fogão bem abastecido, os lampiões até a boca e o barril de água cheio, usando o sistema rudimentar que elaboramos: encher o barril de neve até a borda, despejar água fervente da chaleira; encher a chaleira com mais neve, colocar no fogão para derreter. O que quer que faça, faço sem intervalos. Não gosto do silêncio quando paro.

O pior em se estar sozinho é que, quando saio para a tela Stevenson ou para andar com os cães, não posso deixar o fogão aceso ou um único lampião ardendo na cabana, para evitar incêndios. Esta é uma regra ainda mais fundamental do que a das portas fechadas. Significa que volto a uma cabana fria, silenciosa e escura. Tento não olhar as janelas escurecidas quando me aproximo. Quando estou no alpendre, meus passos parecem altos demais, minha respiração como de outra pessoa. Odeio o momento em que fecho a porta a minhas costas e estou encerrado no vestíbulo longo e escuro. No facho de minha lanterna, saltam coisas das sombras todo dia. Os casacos nos ganchos parecem... Bem, parecem roupas ocas.

A sala é enregelante. Tem cheiro de fumaça de madeira e parafina. E é tão silenciosa.

Há uma lasca de lua, mas logo não haverá nenhuma. Vou pendurar uma lanterna de tempestade nos chifres acima do alpendre.

Ontem à noite experimentei o gramofone, depois o rádio, mas as vozes sem corpo deixaram-me ainda mais isolado. Então me sentei e li, com o silvo dos lampiões e o crepitar do fogo, e o bater do despertador de viagem de Gus. É de couro de bezerro verde-oliva, liso e frio ao toque, e seu mostrador com coroa de ouro é belamente simples. Mantenho-o perto de mim.

Sinto mais falta de Gus do que de qualquer outra pessoa na vida. Estranho, isso. Eu tinha 10 anos quando meu pai morreu e, conquanto o amasse, logo deixei de sentir sua falta; talvez porque ele estivesse doente por anos e eu tenha guardado luto quando ele ainda estava vivo. O mesmo com mamãe. Ela estava esgotada, queria ir. Então não senti falta deles por muito tempo. Nada parecido com isso. Essa dor furiosa que veio assim que ele partiu. Ter um irmão é assim? Ou um melhor amigo? Estou confuso. Não sei bem o que quero dizer. E detesto Algie por estar com ele quando eu não estou.

São oito da noite enquanto escrevo estas linhas, sentado à mesa com um uísque e três lampiões brilhantemente acesos. A qualquer um que olhasse da calçada, eu seria claramente visível. É claro que não há ninguém olhando. Mas não me agrada a sensação. E não me agrada quando levanto a cabeça e vejo aquelas vidraças escuras. Queria poder cobri-las, impedir que a noite espiasse aqui dentro.

Com o passar das semanas, fiz amizade com um operador da estação meteorológica na ilha Bear. Seu nome é Ohlsen. Ele tem esposa e duas filhas pequenas em Bodø, e sente falta delas. Mas desde que os outros partiram, não tenho vontade de conversar. Não gosto de ficar no gerador a bicicleta com os fones de ouvido, de costas para a sala. Não sei o que está acontecendo atrás de mim. Embora claramente não seja nada.

Preocupo-me com Gus. Ele ainda está a caminho de Longyearbyen. E se piorar e tiverem de operá-lo a bordo? Esquecime de pedir a Algie para me telegrafar assim que houver novidades, mas ele saberá que deve fazer isto, não? Certamente sabcrá, não? O tempo continua claro e frio (doze graus negativos) e muito quieto. Lá pelas dez da manhã, um brilho esverdeado e pálido aparece a sudeste atrás dos penhascos: prova de que, em algum lugar, o sol ainda existe. A noroeste, persiste uma noite profunda. Em um dia claro como o de hoje, o crepúsculo se torna um ouro rosado forte, revelando cada sulco das montanhas, fazendo a calota luzir. Não se pode deixar de pensar que o amanhecer está chegando – mas não, logo escurece de novo, as sombras já assumindo um tom de violeta, o crepúsculo desbotando ao verde. Logo desaparecerá.

E o pior de tudo é que não posso *ver* o crepúsculo quando estou dentro da cabana, porque esta dá para o noroeste, para a noite infindável.

24 de outubro

Fui para a cama com um lampião na cadeira, mas ficava olhando para ele, vigiando se não tinha caído; no fim, portanto, tive de apagá-lo. Depois tive um horrível sonho semiacordado com alguém no beliche acima do meu. Vi o volume do colchão entre as ripas. Ouvi-as ranger. Acordei sobressaltado. Criando coragem, levantei-me e acendi a lanterna. Claro que não revelou nada além de montes de roupas.

Queria ter pensado em trazer uma luz noturna. Lembro-me da exata entrada no Catálogo de Preços da Army & Navy: *Luzes Nortunas Piramidais Clark, 12s 9d por caixa de uma dúzia, cada unidade arde por 9 horas.*

Certamente o *Isbjørn* já terá chegado a Longyearbyen. Talvez Gus já tenha sido operado. Talvez...

Pare, Jack. Vá preparar o café da manhã. Mingau com um pedaço de *pemmican*. Bolinhos com geleia de groselha. Isto o deixará em ordem.

Mais tarde

Outro dia frio e sem vento (quinze graus negativos), mas nublado, então nada de crepúsculo.

No mar, há uma faixa de carvão mais escuro que parece um temporal, mas não sei dizer se está avançando ou retrocedendo. Esta quietude me dá nos nervos. Onde estão as nevascas que deviam aparecer no outono?

Sem luz do dia, termos como "manhã", "meio-dia" e "noite" não têm significado. Todavia, prendo-me a eles. Imponho-os como uma grade na escuridão amorfa. Sei que "noite" é apenas o período entre a transmissão das cinco e meia e a leitura das sete da "manhã", mas ainda esfrego as mãos e digo animadamente, "Agora, o que vamos fazer esta noite?"

O dia todo tranquilo, nada de adverso a relatar. (Gosto disto mesmo no diário, não consigo me decidir a nomeá-lo. Contorno com eufemismos. "Adverso." O que quer dizer? "*Caracterizado por infortúnio ou perturbação. Não auspicioso; desfavorável; inconveniente.*" Inconveniente. Esta é boa. Certamente é isto.) Engraçado com o que trombamos quando não estamos procurando. De novo revi todos os nossos livros sobre Spitsbergen, para o caso de ter deixado passar algo que tenha acontecido aqui. Um deles foi publicado em 1913; descreve Spitsbergen como um paraíso dos mineradores. Veios ricos em carvão, escavação fácil. Ancoragens fundas. Sem impostos, sem taxas de mineração, sem leis. "*A cada verão, um pequeno exército de prospectores e mineradores chega da Rússia, América, Alemanha, Noruega, Grã-Bretanha. As contendas são frequentes e, sem autoridade adjudicatória, sumariamente resolvidas.*" Resolvidas como? E do que se trata isto? Uma briga?

Não consigo encontrar nenhuma menção a Gruhuken, mas em outro livro há um capítulo sobre o folclore de Spitsbergen, que não li. De maneira nenhuma deixarei que ele coloque ideias na minha cabeça. Já tenho o suficiente.

Entre os volumes de Gus sobre botânica e aves, encontro um livro de anotações encapado em oleado azul. Não sabia que ele mantinha um diário particular. Pensei que ele tomasse notas para o relatório da expedição. Abalou-me ver sua caligrafia. Parece ridículo, mas fiquei todo sufocado.

Devolvi o diário a seu lugar. Sem lê-lo, naturalmente.

25 de outubro

NOTICIAS MARAVILHOSAS! Uma transmissão de Longyearbyen! *OPERACAO GUS SUCESSO PT TUDO BEM PT TELEGRAFE AO PESSOAL DELE PT AGUENTE MEU VELHO VOLTAREMOS LOGO PT ALGIE PT*

Graças a Deus. Só então percebi que estive carregando a ansiedade dentro de mim como uma mola retraída. Quando recebi a transmissão, fiquei tão aliviado que mal consegui registrar as palavras. Ele está OK. Vai ficar OK. Em alguns dias, voltará e será como se nunca tivesse partido.

Para comemorar, temperei meu mingau de café da manhã com xarope Golden e uísque. Depois arrumei tudo devidamente e fui ao Austin para os despachos semanais à Inglaterra. (O que é mais fácil falar do que fazer, por ele ser uma fera recalcitrante e não gostar do frio nesta ponta da cabana, então eu o mimo, aquecendo as válvulas no forno.) Tenho muito orgulho de meu despacho ao *Times*. Mantive-o prosaico, simples e pragmático: Líder da Expedição temporariamente indisposto, Operador de Telégrafo assumindo neste ínterim. Não quero que façam sensacionalismo por eu estar aqui sozinho.

Foi um "dia" claro, com luz suficiente às onze para justificar chamá-lo assim, então levei os cães para correr na praia.

Meu Deus, o que eu faria sem eles? São as criaturas mais vivazes e mais afetuosas do mundo. Adoro ouvir suas patas batendo na neve quando disparam para investigar as coisas, depois voltam para me contar. Upik não é tão brava como pensei, mas é destemida; e seu companheiro Svarten pode ser tímido comigo, mas certamente mantém na linha o resto da matilha. Kiawak também é preto, como Svarten, com um pelo longo e macio e sobrancelhas caramelo; detesta molhar as patas. Eli é branco cremoso e não muito inteligente (eu o chamo de Louro Burro). Pakomi, Jens e Anadark têm coloração de lobo: pelo desgrenhado cinza e caramelo, com pontas pretas. São cheios de malícia e adoram saltar por cima do canil para avaliar a cena; creio que eles têm planos para o teto da cabana. Isaak também tem coloração de lobo, mas uma cara mais bonita do que os outros e olhos azul-claros cativantes.

E pensar que eu os queria deixar para trás. Que realmente sugeri dar um tiro neles.

Mais tarde

Há uma fina camada de gelo na baía.

Não havia notado quando saí com os cães, mas vi esta noite, depois das leituras das cinco horas. É *muito* fina. Quando joguei uma pedra, espatifou-se em lascas compridas e soantes. A maré a dispersará. Mas devo encarar os fatos. A certa altura, o mar congelará.

Quando?

Lembro-me de Eriksson falando dos navios carvoeiros em Longyearbyen, que eles só paravam de navegar em algum momento de novembro. Mas Gruhuken fica mais ao norte do que Longyearbyen.

E se o mar congelar antes que Gus e Algie voltem? E se eu tiver de ficar sozinho aqui até a primavera?

26 de outubro

Nada aconteceu, eu apenas assustei a mim mesmo. Estúpido, estúpido. Tenho que estar atento a isso. Um acidente lá fora não seria nada engraçado.

Outro dia tranquilo e muito nublado, então nada de crepúsculo. São seis e meia da "manhã" e solto os cães quando começa a nevar. Suave e insidiosamente, escondendo o mundo. Sem mar, sem montanhas, sem céu. Os cães aparecem e desaparecem no cinza como... Bem, como sombras. Bendigo Eriksson por nos fazer instalar essas cordas-guia.

Mas aquela maldita tela Stevenson. Os anteparos servem para proteger os instrumentos do sol, mas, como ele não existe, só o que fazem é acumular crostas de gelo, que precisam ser removidas três vezes ao dia. A única maneira de fazer isto é raspar com a faca e é muito complicado, em parte porque se está de calçados de neve, o que dificulta o agachamento, e em parte porque é preciso semicerrar os olhos contra as partículas no ar e sua lanterna frontal lança fachos desconcertantes no escuro. Anseio por ouvir Gus pisando na neve até mim. Que diabos, eu até me contentaria com Algie assoviando "All by yourself in the moonlight".

Aconteceu pouco depois da leitura das cinco horas. Os cães estavam fora, em algum lugar, mas eu sabia que não teriam ido longe, pois faltava menos de uma hora para sua alimentação. Nevava forte, com um vento leve e persistente girando os flocos num redemoinho.

Eu tinha terminado meus afazeres na tela e voltava à cabana com dificuldade: de lanterna frontal apagada, o chuvisco me alcançava com seus dedos e eu recurvado no vento, com a mão na corda-guia. Ouvia minha respiração acelerada e o arranhar de meus calçados de neve, e fiz questão de não olhar para trás.

Não quando estou de raquetes nos pés, pois aprendi que elas criam uma ilusão auditiva não muito agradável: você imagina ouvir o raspar de *outros* calçados, seguindo-o bem a suas costas. Mas claramente é o simples eco de seus passos.

Eu limpava a neve dos olhos quando vi alguém parado à porta.

E é claro que não havia ninguém, era só o poste de urso. *Estúpido*. Qual é o seu problema, Jack? Agora se assustará com a própria sombra! De agora em diante, cuidado com onde pisa, meu chapa. E se quebrar uma perna? E se bater a cabeça e desmaiar?

Mais tarde

Parou de nevar lá pelas seis e voltamos à quietude. A calma sem vento. Mas não parece calmo. Pode-se ter quietude sem calma. Gruhuken ensinou-me isto.

Vejo-me rastejando pela cabana, com o cuidado de não fazer barulho demais. É como se eu não quisesse chamar a atenção de... Do quê? Penso naqueles caçadores na cabana na ilha de Barents. *Por terror da morte mais além.*
É difícil me concentrar em alguma coisa. Interrompo-me com frequência para encher os lampiões. Reabasteço-os quando ainda estão com três quartos de combustível. Não paro de verificar as baterias da lanterna e, quando saio, não confio em minha lanterna frontal. Tenho uma lanterna elétrica em cada bolso e levo também um lampião Tilley. Mesmo assim, preocupo-me. Se a bateria falhar. Se eu deixar o lampião cair.

Até agora, eu não entendia a necessidade absoluta de luz. Não teria imaginado que existe uma diferença intransponível entre um período de "crepúsculo" a cada 24 horas e absolutamente nada. Basta uma hora de crepúsculo para confirmar a normalidade. Permite que se diga, *Sim, aqui fica a terra e ali, o mar e o céu. O mundo ainda existe.* Sem isto – quando só o que se consegue enxergar pela janela é um negror – é assustadora a rapidez com que se começa a duvidar. A suspeita adeja na beira de sua mente: talvez não haja nada além dessas janelas. Talvez só existam você e sua cabana e, para além disto, a escuridão.

Medo do escuro. Até eu vir para cá, pensei que isso era para crianças; que, quando adulto, era superado. Mas nunca desaparece realmente. Sempre fica ali, subjacente. O mais antigo medo de todos. O que há no fundo da caverna?

Eriksson tinha razão. Não se deve pensar demais. Mantenha-se ocupado, caminhe todo dia, foi o que ele disse. Tenho de seguir estes conselhos à risca. Especialmente as caminhadas.

29 de outubro

Três dias de chuva. Ou seja, sem crepúsculo, sem lua, sem estrelas. E esta é uma chuva gelada, mais fria do que qualquer coisa que eu tenha conhecido.

Talvez eu tenha perdido a coragem pouco depois daquele incidente na tela Stevenson, porque não consegui enfrentar meu ir e vir pela praia. Em vez disso, estive dando minhas caminhadas apenas saindo e contornando a cabana, com a mão na parede, para não me perder. Mantenho a lanterna frontal o tempo todo. Contorno a cabana sem parar e agora conheço cada prego nas pranchas, cada canto solto de papel alcatroado. Cada volta tem seus sustos e reafirmações. Viro à direita da porta e passo pela lenha e os tambores de parafina e petróleo. Passo pela latrina e o depósito de carvão, com o trenó encostado ali. Depois saio da calçada, mas não me importo, pois esta é a melhor parte, quando chego ao canil. Abro a tranca e sai um alvoroço de focinhos com bigodes e patas agitadas. Por uma ou duas voltas, eles me acompanham, depois se entediam e se dispersam – embora Isaak fique comigo por mais tempo, provavelmente porque sabe que lhe trouxe caramelo. Às vezes o mantenho comigo com uma corda, mas em geral não tenho coragem de privá-lo de sua corrida, então fico sozinho.

Passar pelo canil é pior, porque minha mão enluvada deve deixar a parede da cabana e tocar a pedra nua. Ao me aproximar do final dos rochedos, reduzo o passo, temendo o que posso encontrar ao virar no canto. Grito para assustar – o quê? Raposas? Ursos? Mas a banquisa deve se estender por quilômetros até o mar, então não há muitas possibilidades de aparecerem ursos e, com os cães soltos, eles são ainda menos prováveis.

Agora passo pelos rochedos, minha mão encontra mais uma vez as tábuas da cabana e estou de volta à calçada. É de se pensar que seria um alívio, mas detesto esta extremidade da cabana. Não consigo esquecer que fica do lado da choça dos antigos caçadores. Assim, apresso-me, com o olhar fixo no abençoado brilho da lanterna de tempestade pendurada nos chifres no alto do alpendre. Procuro não olhar o poste de urso, a três passos da porta. Detesto quando o facho de minha lanterna frontal o corta.

Chego à porta e bato para dar sorte. Muito bem, Jack. Uma volta completa. Só faltam 19.

Vinte voltas por dia, é minha regra e *não* deve ser quebrada. Como as leituras e transmissões, é uma escora de que depende minha rotina, um ponto fixo em minha existência.

Secar minhas roupas tem se tornado outra escora. Passo horas virando luvas pelo avesso, pendurando meias acima do fogão, vendo se nada se queimou. Cada peça de vestuário é um amigo de confiança. Esta tarde tive de me conter para não falar com meu cachecol.

O fogão também é um amigo, apesar de volúvel e, quando venta, nossa relação é de amor e ódio. Agasto-me com ele e o induzo a fazer melhor. Deixo a porta aberta e vejo o golpe das chamas, e elogio o silvo cintilante de uma acha recalcitrante. Xingo-o quando se recusa a queimar.

Pensei que era solitário em Londres, mas nunca dessa maneira. Solitário? Eu estava em meio a milhões de pessoas! Aqui não há ninguém. Sou o único ser humano por...
Cale-se, Jack. Isso não ajuda em nada.

Mais tarde

Mensagem de Algie. *GUS BEM MAS MEDICO DIZ DEVE FICAR PELO MENOS DUAS SEMANAS PT LAMENTO MEU VELHO PT ALGIE*
Duas semanas?
Estive andando pela cabana, tentando apreender. Completei uma semana sozinho. Parece um mês. Como suportarei mais duas? E por que ele disse "pelo menos"? O que quis dizer com isso?
Duas semanas. Em meados de novembro. Meu Deus. O mar estará limpo então? Eles conseguirão passar?
Uísque. Muito. É disto que preciso.

30 de outubro

Leio aquele capítulo sobre o folclore. Preferiria não ter lido. A maior parte dele sequer tratava de Spitsbergen, não havia nada específico. Era apenas um relato melancólico de crenças escandinavas, algumas que reconheço por antigos costumes ingleses. A ideia de aves marinhas trazendo boa sorte quando se sai para pescar. E de espalhar sal para afugentar bruxas; minha mãe costumava fazer isso quando comia um ovo cozido, uma pitada de sal por sobre o ombro. Eu havia me esquecido.

Diz que "alguns lugares de Spitsbergen" – não aponta quais – são assombrados por *draugs*. Um *draug* é o espírito desassossegado de um afogado que espreita nas águas rasas, esperando para arrastar o incauto a sua perdição. "*Quando um cadáver surge na praia, há sempre um dilema. Se o enterrar, estará subtraindo do mar o que lhe é devido? Se não, será você assombrado pelo* draug?"

Gosto do "quando". Com que frequência um cadáver aparece nestas praias, aliás?

E vem o que se segue. "*Os que conhecem as ilhas sustentam que o início da noite polar é uma época de particular cautela. Dizem alguns que, sete semanas antes de Yule, abrem-se os túmulos de Spitsbergen.*"

A sete semanas do Natal. Cai em 31 de outubro. O Halloween.

Mas, Jack, e *daí*?

Quando eu era menino, meu pai me deu um livro intitulado *Lendas populares do Norte*. A maior parte das histórias falava de bruxas, *trolls* e fantasmas criando o caos na All Hallows' Eve, o Dia das Bruxas – o que, quando se pensa bem, é inteiramente compreensível, uma reação natural à vida no Norte. É *claro* que se acredita em coisas assim quando se está diante de um longo inverno escuro e o mundo todo parece morto.

Mas é preciso lembrar que não há *novidade* nenhuma nisto. Nada que já não se saiba.

O dia 31 de outubro é amanhã.

— 10 —

31 de outubro

Teria eu provocado isto? Estaria eu mais "receptivo" a perceber devido ao que acabei de ler? Por causa da data? Nevara à noite. Quando fiz as leituras das sete horas, estava mais quente, apenas nove negativos, e fazia uma "manhã" clara, graças a Deus, a lua um crescente brilhando no céu índigo espetado de estrelas. Uma neve recente cobria o campo numa estranha radiância cinza e eu conseguia *enxergar*: as curvas claras dos ossos de baleia na praia, os icebergs no mar. (Misericordiosamente, o mar está descongelado; eu verifiquei. A partir de agora farei uma vigia do gelo três vezes ao dia.)

Envergonhei-me de minha covardia nos últimos dias. Aquelas voltas funestas na cabana, eu agarrado às paredes – como se fosse me perder para sempre se não mantivesse contato. Não posso deixar que as coisas me afetem dessa maneira. Não com outras duas semanas pela frente.

Assim, num espírito de desafio, levei os cães para andar nos aclives atrás do acampamento.

Para começar, foi lindo. Os cães corriam, latiam, perseguiam-se. Isaak puxava sua corda – eu o estou treinando para me acompanhar –, mas fui firme e logo ele trotava junto de mim com docilidade; o que foi igualmente bom, porque eu usava calçados de neve, tinha um bastão de esqui em cada mão e um rifle no ombro.

À proporção que o crepúsculo se intensificava, seguimos o regato congelado montanha acima e me congratulei comigo mesmo. Vê? Era preciso apenas alguma coragem. E veja como é lindo! Os aclives brancos e ondulantes, os picos reluzentes, as pontas vergadas da relva aparecendo pela neve. Até as ruínas da mina foram transformadas.

Isaak soltou um *uuff* animado – e ao longe distingui dois pontos pretos movendo-se no branco. Renas!

Vê?, disse a mim mesmo enquanto refreava um husky ansioso. Existe *vida* fora daqui. Você só precisa criar coragem para sair e encontrar.

Os cães dispararam atrás das renas, que tombaram a cabeça para trás e galoparam a uma velocidade surpreendente. Os cachorros rapidamente perceberam que era inútil e voltaram correndo para mim.

Foi difícil subir a colina e logo eu estava banhado de suor. Escalar com calçados para neve implica cavar com os dedos dos pés para que os cravos da sola tenham pegada e impelir-se com os bastões de esqui até que seus cotovelos doam. E, depois de toda aquela chuva, havia gelo sob a neve, então cada passo produzia um triturar vítreo – ou um arranhão alarmante quando eu batia em pedra exposta – ou um sobressalto ruidoso quando eu topava com um monte.

Um calçado saiu e me ajoelhei para afivelá-lo novamente.

Quando me levantei, a terra mudara. As montanhas flutuavam acima de longas línguas de neblina. Uma cortina tênue velava a baía. Diante dos meus olhos, a neblina se adensou até que eu só conseguia distinguir os traços por contraste: o mar tinto contra a margem cinza mais clara.

– Hora de irmos para casa – eu disse a Isaak, e começamos o retorno. Ele labutava à frente, olhando para mim de quando em vez como quem diz, por que essa lentidão toda? Mantive os olhos baixos, vigiando meus passos.

Quando levantei a cabeça novamente, as montanhas tinham desaparecido. Mar e acampamento sumiram, ocultos pela neblina. Senti seu frio pegajoso no rosto.

– Quanto antes chegarmos em casa, melhor – eu disse a Isaak. Minha voz soava nervosa na quietude. E estava silencioso demais.

Provocador, acendi a lanterna frontal. A sombra de Isaak agigantou-se: um cachorro monstruoso. Minha luz mal iluminava um metro à frente, mas mostrava com clareza meus rastros, levando-me ao acampamento. O melhor nos calçados para neve é que criam rastros inconfundíveis. Um idiota poderia segui-los.

Não sei como perdi o rastro, mas o perdi. Sem acreditar, olhei a minha volta. Nada. Tirei a lanterna do bolso e a experimentei. De nada adiantou. Como a frontal, o facho mal iluminava um metro à frente. E "facho" é um termo forte demais. Era mais um brilho difuso, dissolvendo-se no cinza.

Desça a encosta, disse a mim mesmo. É o que preciso fazer.

Mas a minha volta eu só via cinza e, cessado todo o contraste, era impossível saber o estado das coisas. Xinguei. Não conseguia distinguir alto de baixo. Parti novamente. Meus calçados escorregaram em um trecho de gelo. No mesmo instante, Isaak farejou algo e investiu para frente. Eu caí. A corda escorregou de minha mão. Ele se foi.

– Isaak! – gritei. Minha voz saía abafada. Ele não voltou. Praguejando, tateei, procurando os bastões de esqui, e lutei para me colocar de pé. A neblina me pressionava de todos os lados.

– Svarten! Upik! Anadark! Jens! *Isaak!*

Nada. Avancei, trôpego.

Não, Jack, não é por aqui, você está subindo o morro. Quis voltar sobre meus passos. Mas não havia traços reconhecíveis para seguir. Agora meu rastro era uma confusão de neve revirada, não adiantaria segui-lo. Pensei na lanterna de tempestade pendurada nos chifres acima do alpendre, onde eu não podia ver. Desejei ter tido o senso de pendurar uma atrás da cabana também.

Arrancando a lanterna frontal e jogando para trás o capuz, esforcei-me para encontrar um som que me guiasse. O mar estava longe demais e o regato, congelado. Não ouvi nada além de minha respiração urgente.

Perdido. Perdido.

Por dentro de meu casaco impermeável, as roupas ensopadas de suor me esfriavam até os ossos. Decidi me acalmar. Pense logicamente. Como se distingue o alto do baixo?

Resposta: chutando a neve. Se puder ver aonde ela vai, há terreno plano à frente. Se não, é uma queda.

Puxando o capuz para cima, afixei a lanterna frontal de novo. O que não é tão fácil quanto parece, quando se está usando luvas e suas mãos tremem.

Minha mente disparava de pânico. Vi a mim mesmo me afastando cada vez mais do acampamento, andando às cegas para a calota de gelo, caindo em algum poço esquecido da mina.

Pensei: Quando se passarem dois dias sem uma transmissão minha, a ilha Bear soará o alarme. Mandarão um grupo de busca de Longyearbyen. Dois dias depois – se o gelo permitir –, eles chegarão. Encontrarão um acampamento deserto e cães desesperados. No verão seguinte, talvez alguém encontre meus ossos. Tudo isso passou por minha cabeça num instante.

Depois me lembrei da bússola no bolso. *Idiota*. Só precisa ir para o nordeste e chegará ao mar.

Deixei a maldita coisa cair na neve. Procurei, tateando. Tirei as luvas. Não consegui encontrar. Merda. *Merda*.

Encontrei. O ponteiro não se mexia. Não estava quebrada, não podia estar quebrada, podia?

Sacudi-a. O ponteiro girou como louco. Minha mão tremia, eu não conseguia segurar firme a bússola. Coloquei-a numa pedra.

O ponteiro – o abençoado ponteiro pequeno – girou... Oscilou... E parou. Pronto. Por ali.

Ofegante, desci a colina aos trambolhões. Passei por um trecho de neve pontilhado de tufos de pelo castanho-claro, onde uma rena estivera descansando, e este sinal de vida me encorajou imensamente. Alguns passos depois, minha luz frontal pegou os pontos amarelo-claros da urina congelada de um cachorro. Depois ouvi os latidos distantes dos huskies. Outros 30 passos me levaram à praia.

– Meu Deus – sussurrei. – *Meu Deus*.

Em minhas perambulações, distanciei-me muito do curso e dera na extremidade leste da baía, sob os penhascos. Curvando o próprio corpo, aliviado, senti vergonha de meu pânico, dei as costas aos penhascos e parti pela praia, mantendo-me perto da água por medo de me perder novamente.

A massa corcoveada do depósito de emergência assomou na névoa. Depois os ossos de baleia, cintilando no facho de minha luz frontal. Por fim distingui o poste de urso – depois dele, o brilho miraculoso da lanterna acima do alpendre.

Chamei os cães aos gritos.

– Upik! Pakom! Anadark! Eli! Isaak!

Nenhuma resposta. Mas estava tudo bem; eles voltariam quando tivessem fome. Ávido, apressei-me.

Ao me aproximar do poste de urso, minha luz frontal iluminou o monturo de pedras em sua base, onde um tufo de relva morta se projetava pela neve. A luz tocou a madeira cinza embranquecida do poste. A neblina escurecera as manchas, enegrecendo-as.

O pavor veio de súbito. Repentinamente, meu corpo começou a formigar. Senti os pelos do couro cabeludo se arrepiarem e eriçarem. Não conseguia enxergar nada além do poste de urso e seu monturo de pedra, mas meu corpo se preparou. Eu sabia.

E então, pela névoa, do outro lado do poste, veio um arranhar ímpar e abafado. Um ruído de metal raspado em pedra.

Virei-me sobressaltado, o facho de minha luz frontal percorrendo a neblina. Não vi nada. No entanto o som ficou mais alto, mais nítido. Clinc. Clinc. Aproximava-se. De mim.

Meu coração batia na garganta. Tentei correr. Minhas pernas não se mexeram.

Agora estava diante de mim, o som apenas a poucos passos – e eu ainda não via nada. Não podia ser. Mas eu ouvia.

Clinc. Clinc.

Silêncio.

Chegara ao poste. Estava tão perto que se eu pudesse me mexer, teria estendido a mão e tocado... O quê? Uma presença. Invisível. Insuportavelmente próxima.

Fiquei estático, impotente, sem respirar, os braços presos junto do corpo. O pavor crescia dentro de mim, uma maré negra transbordando...

Às minhas costas, o bater de patas.

Com um gemido, libertei-me. Cambaleei para trás. Meus calçados de neve se cruzaram. Caí.

Isaak correu para o facho de minha lanterna frontal e parou, de orelhas em pé, o rabo erguido. Seus olhos brilhavam prateados, refletindo minha luz.

Quando me ajoelhei, ele veio a mim, abanando o rabo. Em seus olhos prateados vi os reflexos de uma cabeça redonda e escura.

Precisei de um instante para reconhecer a mim mesmo.

11

Encontrei o caminho para o alpendre. Abri a porta num puxão e a bati depois de entrar. Tirei meus trajes externos. Cambaleei pelo vestíbulo. O quarto. A sala. Minha lanterna cortava a escuridão. Minha respiração se enfumaçava. Tentei acender o lampião, mas minhas mãos tremiam demais. Encontrei um pouco de casca de bétula e joguei no fogão com algumas achas. Pelo menos consegui que o fogo pegasse. Agachei-me, olhando as chamas entre os dedos. Em minha mente, ainda ouvia aquele ruído. Ainda sentia aquela presença. Meus dentes batiam, as roupas estavam ensopadas de um suor congelante. Cambaleei de volta ao quarto, peguei roupas secas, despi-me e me vesti diante do fogão. Encontrei uma garrafa de uísque, joguei um pouco numa caneca e engoli.

A bebida me equilibrou. Consegui acender o lampião. E outro, e mais um. De repente eu estava esfomeado. Preparei café e mingau. Devorei como se passasse fome. Corri à lixeira e vomitei.

Eu ansiava por ouvir vozes. A normalidade. Experimentei o rádio. O receptor precisava de carga. Praguejando, pedalei o gerador a bicicleta, sem olhar as janelas. Sintonizei no programa Empire. Uma peça. O tinido de xícaras de chá, a tagarelice sensível de mulheres.

Fui para a janela do norte, pus as mãos no vidro e olhei. Os cães voltaram: alguns se enroscavam, cobrindo o focinho com o rabo, outros mastigavam neve em silêncio. Todos pareciam ignorar o poste de urso.

Fiquei a três metros da janela. Disse a mim mesmo que era só um tronco. Um mastro de madeira que deu na praia.

Sentei-me à mesa. Minha boca era amarga de bile. Eu ouvi aqueles sons. Senti aquela presença. Não imaginei nada.

A peça no rádio terminou. A voz calma e eficiente da BBC anunciou o programa seguinte.

Meu relógio de pulso me dizia que eram dez horas. Eu saí para caminhar às oito. Só duas horas? Como era possível? Pareceram-me anos.

Eu precisava de algo para aquietar o pânico. Algo que expulsasse aqueles ruídos.

Levantando-me num átimo, fui à estante, encontrei o diário de Gus e abri. Ao inferno com o respeito à privacidade. Eu precisava dele.

A visão de sua letra de imediato me deu coragem. Era redonda e juvenil, e ele era tão entusiasmado que às vezes marcava o papel. Encheu páginas e mais páginas com descrições da natureza – aves, moluscos, plantas –, intercaladas com reflexões sobre o Ártico e o caráter dos caçadores de foca noruegueses. Devorei tudo, quanto mais tedioso, melhor.

Como eu esperava, ele se ateve principalmente aos fatos, com pouca emoção; presumivelmente esta era eliminada dos alunos da Harrow. Guardava silêncio sobre Algie, embora tenha mencionado a mim algumas vezes e é claro que me atirei nesta parte.

Não creio que Jack goste muito de Algie, escreveu ele no dia 31 de julho, dia em que vimos Spitsbergen pela primeira vez. *Sempre que Algie diz alguma grosseria, e sabe Deus que isto é muito frequente, vejo o queixo de Jack enrijecer. Creio que para ele é um esforço físico não bater em Algie. É muito divertido.* Isso me fez sorrir. Gus percebera antes que eu mesmo tivesse notado.

Em seguida, pouco depois de chegarmos a Gruhuken, ele observou minha aversão pelos restos da mina: *Jack tem reações intensas às coisas, isso deve dificultar a vida para ele. Entretanto, entendo por que ele não gosta de "fuçar o passado", como ele próprio coloca, porque também sou assim. Quero que Gruhuken seja nosso e somente nosso.*

Fiquei surpreso e satisfeito. Não sabia que ele sentia o mesmo.

Algumas páginas adiante, dei com uma passagem sobre Eriksson que me pareceu um tanto inquietante. *Que camarada admirável. Nasceu na pobreza abjeta numa fazenda nos Tronds; quando criança, andava descalço de maio a outubro (no norte da Noruega!). Zarpou como clandestino aos 10 anos e nunca mais voltou. Sem instrução, aprendeu a ler sozinho com a Bíblia. Tem profunda consideração por seu navio e a tripulação, embora seja reservado demais para admitir isso. Ponderado, jovial, educado, inflexível. Também supersticioso. Esta tarde mandou que jogassem um balde de entranhas de peixe a bordo para atrair gaivotas: como muitos homens do mar, ele acredita que elas trazem sorte e afugentam o mal. Algie riu. Eu lhe pedi que, pelo amor de Deus, não deixasse Eriksson ouvir.*

Fui criado com pessoas como o sr. E. Gente do campo: cristãos devotos, mas arranhe a superfície e encontrará algumas crenças muito singulares. O estranho é que costumam ter algum fundo de verdade.
Por que Gus entendeu ser adequado registrar isto? E a data. Dia 9 de agosto. Quando estávamos em Gruhuken havia uma semana.

Um dia depois, isto: *Um de meus livros afirma que partes de Spitsbergen são mal-assombradas. Perguntei ao sr. E., mas ele não disse nem que sim, nem que não. Ele disse (e traduzo de seu fraseado menos idiomático): "Lá em cima, um homem toma consciência de coisas que não pode perceber mais ao sul."*

Desconcertantemente, Gus não fez comentários a respeito disso, mas lançou-se a duas páginas de anotações sobre a natureza. Notei isso nele. Parece ter a capacidade de se desligar inteiramente de qualquer coisa desagradável: de excluí-la e imergir em algo mais. Talvez seja outra habilidade que adquiriu em Harrow.

31 de agosto. Este lugar não é direito. Senti isto desde que o Isbjørn *partiu.*

O quê? O quê?

Quando estava na canoa e vi aquelas algas kelp *movendo-se na água. Eu vi tais coisas.*

Jesus. Meu Deus, Gus, o que você viu? Febril, virei as páginas. Nada além de comportamento de aves e estudos do caráter dos cães.

Não acredito. Esse tempo todo – semanas morando juntos – e ele sabia?

16 de setembro. Por que Jack não sentiu nada? Na noite passada, vimos nossa primeira Aurora. Eu ia lhe contar, eu queria falar. Mas ele tinha aquele olhar severo e mudou de assunto. Será possível que ele não tenha sentido nada? Dos três, ele é o mais forte, o mais pragmático e sensato. No entanto também é perceptivo e tem muita imaginação. Afinal, ele se comoveu quase às lágrimas com nossa primeira visão de Gruhuken – e ficou tão preocupado com um filhote de arau abandonado que voltou e passou séculos tentando localizá-lo. Assim, é estranho que ele seja o único a não perceber nada.

O único? Ah, certamente não Algie...

10 de outubro. Pobre Algie. Esta manhã o arrastei para uma caminhada e ele confessou tudo. Disse: "Sei que parece a mais terrível asneira, mas este lugar está me deprimindo. Há ocasiões em que me sinto meio... observado. E uma vez, nas rochas, tive uma ideia pavorosa. Ou melhor, não uma ideia, mas uma imagem em minha cabeça. Vi facas. Não quero dizer mais nada. E senti cheiro de parafina, juro que senti. Fiquei desesperado para sair, mas não conseguia me mexer, era como se tivesse pés e mãos atados. Essa imagem ainda está em minha mente, não consigo me livrar dela. É absolutamente bestial."

Agora, isso me tirou o fôlego. Não o gordo e insensível Algie, que assoviou "Someone to watch over me" em seu primeiro encontro com a aurora boreal.

Uma entrada garatujada em 14 de outubro: *Esta manhã, Algie me disse que começou a ouvir coisas. Chama de "pesadelo acordado". Atormentei-o para que me desse detalhes, depois preferi não ter feito isso. Recuso-me a escrever sua resposta. Era horrível demais. E o que mais me inquieta é que se assemelha muito ao que vivi* na canoa. Pobre Algie, ele é muito medroso. E sente tanta vergonha. Fez-me jurar que eu não contaria a Jack. Não creio que poderia, mesmo que quisesse. Além disso, não quero que Jack pense que também eu sou um covarde.

Passei os olhos pelas páginas restantes, mas não havia nada mais até pouco antes de Gus adoecer. *Comecei a perceber*, escreveu ele no dia 18, *que a escuridão prolongada pode afetar minha mente como eu nunca previra. Há uma quietude sem vida nesta terra que nos afeta horrivelmente. Talvez eu esteja a caminho de um esgotamento nervoso, ou aquele distúrbio que os velhos armadilheiros costumavam ter. Como Jack chamou?* Rar? *O extraordinário é que o que vivi na canoa parecia tão intensamente* real. *Mas é claro que não era. Sem dúvida esta é a natureza das alucinações, parecem muito reais. Afinal, os sonhos parecem reais, embora sejam apenas artefatos da mente de quem sonha; e se meu cérebro pode criar esta "pseudorrealidade" enquanto durmo, não será capaz de realizar o mesmo truque quando estou desperto? Todavia – dizer que tudo isso é uma alucinação – como me serve de conforto? E saber que minha própria mente pode criar esses horrores.*

Esta era praticamente a última entrada. No dia seguinte, ele adoeceu.

Fiquei sentado ali, pasmo, olhando sua escrita na página.

Ah, Gus. Você passava por tudo isso e eu não sabia. Pelo seu bem, fico feliz que esteja seguro na enfermaria em Longyearbyen; mas se eu soubesse... Podíamos ter conversado sobre isso. Podíamos ter suportado isso juntos, procurando entender.

No entanto, se você estivesse aqui agora, Gus, e Deus sabe que eu queria que estivesse, eu lhe diria que está enganado.

O que você viveu não foi fruto de sua imaginação. E existem coisas piores do que as alucinações.

Não acredito nem por um momento que o que ouvi no poste de urso tenha sido um "artefato de minha mente". Foi a realidade objetiva. Foi uma impressão auditiva, o vestígio persistente de algum ato de selvageria perpetrado aqui, em Gruhuken.

Um ato de selvageria.

Por que escrevi isto? Por que, por influência do tinir de metal sobre pedra?

Foi o pavor que senti. Eu não teria sentido pavor se não tivesse ocorrido algo temível neste lugar.

Escrever isso me tornou consciente de algo que eu não pensava havia anos. E não quero pensar agora, então *não pensarei*. Seguirei o exemplo de Gus. Recuso-me a escrever sobre isso.

Na prateleira da cozinha, seu despertador me diz que são vinte para meio-dia. Hora de sair para as leituras das 12 horas. Preciso fazer isso. Caso contrário, a coisa venceu.

Mas *o que* venceu?

Calma, Jack, está se arriscando a criar um monstro feito de sombras. O que quer que seja, você *deve* se lembrar de que está no passado. Algo aconteceu aqui antigamente. Algo terrível. Mas seja o que for, *pertence ao passado*. O que você viveu foi apenas um eco.

Foi simplesmente um eco.

— 12 —

31 de outubro, mais tarde

Saí ao meio-dia e novamente às cinco horas. Nas duas ocasiões, os cães me deram boas-vindas entusiasmadas e acompanharam-me à tela Stevenson. Pareciam completamente à vontade. Isto me foi intensamente tranquilizador.

Não cheguei perto do poste de urso desde que aquilo aconteceu. Para alcançar a tela, dei a volta por trás, entrando à direita no alpendre e contornando os fundos da cabana. De agora em diante, é o que farei.

Minutos atrás, fui à janela. Vi as formas escuras dos cães, roendo em paz nacos de foca na frente da cabana. Um leve vento da calota sopra um chuvisco sobre eles, mas não parecem se importar. Não os amarrei às estacas. Não vejo sentido nisso. Eles não vão fugir. E assim podem me alertar de ursos.

É uma visão bastante normal. Dentro da cabana também está tudo normal. Luzes fortes, forno crepitando. Um uísque a meu lado, um dos charutos de Hugo entre meus dentes. Quando olho a mim mesmo no espelho de barbear, não vejo horror, nem medo. Nada que me ligue ao homem de olhos arregalados que vomitava na lixeira horas atrás.

Preciso me lembrar de que outros passaram o inverno aqui e também devem ter vivido coisas – *mas eles conseguiram*. Bem, também eu conseguirei. Não deixarei que isto me derrote.

Assim, decidi por algumas regras fundamentais.

Primeira. Não prenderei mais os cães no canil nem às estacas, deixarei que vagueiem livremente pelo acampamento. Calçarei a porta aberta do canil para que eles possam entrar e sair como quiserem, mas ainda assim terem abrigo. Não creio que isto venha a lhes causar algum mal. Eles foram criados para o Ártico.

Segunda. Prepararei um plano de ração. Seria impensável se Gus e Algie voltassem e descobrissem que eu dissipei nossos suprimentos.

Terceira. Pararei de beber. (Muito bem, esta começará amanhã.)

Quarta. Bastam nove horas de sono por noite. Neste escuro interminável, pode-se facilmente dormir 12 horas ou mais, mas devemos resistir a isto. Eu *preciso* manter uma estrutura. Hora de dormir, hora de comer, hora de trabalhar. É disto que preciso.

Ver estas regras elegantemente enumeradas no papel é extraordinariamente reconfortante.

E é bom saber que lá fora tenho oito huskies atentos patrulhando o acampamento.

1º de novembro

Um bom dia. Dormi as nove horas regulamentares sem sonhar e fui acordado pelo despertador de Gus.

Minhas novas regras estão funcionando. Quando não me ocupo com minhas tarefas habituais, canso-me com outras novas: limpeza, lavagem de roupas, impermeabilizar o canil com papel alcatroado preso com segurança e muita palha forrando seu interior. Procuro gelo na baía (até agora, graças a Deus, está limpa). E deixo o rádio ligado quando estou na cabana. Converso em Morse com Ohlsen na ilha Bear. E esta tarde "falei" com Algie novamente. Disse-me que Gus está indo bem e lhe contei de minhas novas regras (mas não que estou deixando os cães soltos). Por duas vezes ele perguntou se eu estou "bem" e eu disse que estou ótimo. Guardar este segredo dele deu-me um prazer perverso. Se ele quer manter as coisas na superfície, assim será. Ele sabe que tipo de lugar é este. Ele sabe do que pôde fugir e eu não.

Mas o que isso importa? Minhas regras funcionam, esta é a questão.

As coisas voltariam ao normal se não fosse por um hábito ridículo que criei de espiar pela janela norte para ver o poste de urso. É absurdo, eu sei, mas preciso me tranquilizar de que não fica tão perto da cabana, como eu pensava.

É claro que sempre que olho está exatamente onde devia, a uns bons três passos da janela. Mas eis aqui algo irritante: depois disso, quando me ocupo com outra coisa, a dúvida volta de mansinho. Em meu olho mental, o poste está mais perto, mais próximo da porta, mas ainda tenho de ir à janela para averiguar. O que significa que posso fazer o que for, a maldita coisa nunca se afasta de meus pensamentos.

Lá fora faz nove graus negativos e um vento sul sibila sobre a neve. O barômetro cai. Teremos uma tempestade?

Quando "falei" com Algie, perguntei se houve alguma alteração na data de seu retorno. Disse ele que não, mas não entrou em detalhes. Antes, ele dissera "pelo menos duas semanas". Isso foi em 29 de outubro. O que significa que estarão aqui no dia 12 de novembro – no mínimo. Daqui a onze dias. Se eu me ativer a minhas regras, talvez aguente até lá.

Neste momento, fiz minha última verificação antes de me deitar. A lua é crescente e clara. O poste lança uma sombra longa e fina, que chega a mim.

Queria não poder ver nada desta maldita coisa.

2 de novembro

Eu terminava o café da manhã quando me ocorreu que já olhara o poste pelo menos 12 vezes desde que acordei.

Já basta. Bati a caneca na mesa.

– Maldição! Isto tem de acabar!

Retornei ao quarto, peguei alguns cobertores e corri, prendendo-os sobre as janelas. Pronto. Você se queixava de não ter cortina. Bem, agora tem.

Deu certo por cerca de uma hora. Depois puxei um canto dela e espiei.

E é claro que o poste estava onde sempre esteve: um pouco mais perto do que me daria conforto, mas nem mais, nem menos distante do que antes.

De agora em diante, tentarei uma estratégia alternativa: reconhecer a obsessão, mas limitá-la. Pode olhar dez vezes por dia – *no máximo*.

Deixei as "cortinas" no lugar, porém. Posso retirá-las se houver alguma coisa para ver, mas, por ora, são uma melhora evidente.

O vento geme na chaminé do fogão e em algum lugar bate um canto de papel alcatroado. Terei de ver isso.

Mais tarde

Acabo de voltar das leituras das cinco horas e não sei o que fazer delas.

As leituras em si foram claras. Clima decente, dez negativos e o vento ainda sopra da calota, mas o céu está claro, com uma exibição espetacular da aurora boreal. O acampamento, a praia, os icebergs na baía – tudo foi banhado naquela maravilhosa luz verde-clara. Não a acho mais intimidante. Ela me tranquiliza. Afinal, é apenas um fenômeno físico: o resultado do bombardeio de partículas das chamas solares na atmosfera.

Os cães correram para me receber – levam maravilhosamente bem sua nova liberdade –, e eu lhes dou algumas balas de conhaque. Depois, assoviando entre os dentes (resquícios de Algie!), contorno os fundos da cabana até a tela Stevenson. Isaak vem comigo e lhe dou um caramelo (ele sabia que eu o faria). Ele também volta comigo e seguimos a corda-guia até os mastros de rádio, depois contornamos os fundos da cabana. Viramos o canto, passando pela latrina e vamos ao alpendre, quando algo me faz parar de súbito.

Mas o poste de urso não estava um pouco mais próximo do que antes?

Isaak fuçou minha coxa, perguntando-se por que parei. Ignorei-o e peguei a lanterna. Ele levantou a cabeça para mim e abanou o rabo, em dúvida. Encorajado por sua presença, fui até a janela norte, virei-me e fui dali até o poste e voltei. Dois passos e meio. Só dois passos e meio. Antes, eram três.

A não ser que eu esteja inadvertidamente estendendo minha passada, o que é perfeitamente possível. Mas eu não me decido a tentar novamente.

De volta à cabana, tomo uma bebida forte, fumo alguns cigarros e tenho uma conversa séria comigo mesmo. Os troncos não se movem sozinhos. O poste *parecia* mais próximo porque era mais fácil enxergá-lo e assim foi devido à aurora boreal.

Minha mente consciente aceita isto. Mas a parte mais profunda – a parte que se lembra da escuridão das cavernas – pergunta-se se posso estar enganado.

3 de novembro

Que completa bobagem escrevi ontem à noite, "A escuridão das cavernas"! Estou deixando que a maldita coisa me domine. Isto precisa parar.

Bem, certamente parou agora.

Hoje foi medonho. Quando eu não olhava pela janela, dizia a mim mesmo para *não* olhar; o que significava que mesmo quando fazia outra coisa, isso estava o tempo todo em minha mente. Foi tão exaustivo que depois do almoço tive de tirar um cochilo.

Acordei às três horas, a visão turva e a cabeça pesada. A primeira coisa que fiz foi me arrastar à janela para verificar outra vez.

Eu estava prestes a puxar a cortina quando percebi o que fazia. Meu Deus, Jack, se continuar assim, perderá o juízo.

– Isto não me acontecerá! – gritei. – *Isto não me acontecerá!*

Vestindo as roupas, peguei o lampião e um machado e me lancei no escuro.

Os cães se agitaram à minha volta, sentindo que havia alguma coisa.

– Não me acontecerá. – Eu ofegava.

Disse isso repetidas vezes como um feitiço de proteção, enquanto girava o machado e derrubava o maldito poste. Mirei embaixo, evitando as manchas escuras mais no alto, não queria que meu machado tocasse nelas. O poste tinha a dureza do granito. Não queria ser derrubado. Os cães se agruparam atrás de mim, pela primeira vez em silêncio. Quando enfim o poste gemeu e caiu na neve, eles fugiram dali com o rabo entre as pernas.

Ofegante, com o peito arquejando, cortei a maldita coisa em pedaços. Deixei-os jazendo na neve. Pronto. Este é um lote de madeira flutuante que *não* acrescentarei à lenha. A ideia de permitir que entre na cabana me é inteiramente repulsiva.

Acabo de olhar pela janela norte. Bom, muito bom. Nada além de uma curva nevada descendo ao mar. Nem mesmo vejo os pedaços. E começa a nevar, então logo estarão cobertos. Será como se o maldito poste jamais tivesse existido.

Eu devia ter feito isso há semanas. Nem imagino por que não fiz.

Mais tarde

A tempestade caiu uma hora depois da derrubada do poste. Turbilhonava uma neve densa, o vento uivava e batia nas janelas.

A primeira coisa que pensei foi que eu a havia invocado. Libertei o demônio da tempestade. A boa e velha questão de causa e efeito, o instinto humano de saltar a conclusões. É bom saber que minha capacidade de raciocínio não é muito melhor do que a de um selvagem.

Meu pensamento seguinte foi sobre os cães. Esta tempestade podia durar algum tempo. O que farei? Não posso trazê-los para dentro, eles destruiriam o lugar. É melhor alimentá-los agora, antes que piore. Quanto à água, eles terão de se haver com a neve. Pelo menos há muita.

Guardamos a comida dos cachorros no espaço no teto acima do vestíbulo, onde a carne de foca fica congelada. Graças a Algie, ela é farta, assim como caixas de *pemmican* para cachorro. Enfiando nacos de carne de foca num saco, abri a porta – e o vento me atingiu como um punho. O gelo que voava esfregou meu rosto (eu tinha esquecido o gorro balaclava). Curvando-me em dois, esforcei-me para atravessar a calçada, o vento gritando em meus ouvidos e puxando minhas roupas. Pela fresta da porta do canil, minha lanterna revelou a erupção de montes de neve enquanto eu atirava a carne. Os cães pareciam não se abalar com a tempestade, deliciados com a refeição precoce.

Combustível, pensei ao lutar para voltar. Achas de lenha e um tambor de parafina.

Levei horas para arrastar tudo para o vestíbulo. Depois tive de limpar a neve que também conseguiu entrar.

É quase meia-noite e a nevasca ainda castiga a cabana. Lança neve nas janelas como pedras e geme na chaminé. Faz com que cada tábua ranja e gema. Deus meu, espero que o telhado fique no lugar. Espero que as janelas aguentem. As persianas estão no depósito de emergência na outra ponta da baía. Podiam estar em Timbuktu.

Mas, estranhamente, eu saudava a tempestade. É uma força física conhecida: uma torrente de ar carregado de neve, gerada por diferenciais de pressão. São coisas que posso entender. E é melhor isto do que a quietude.

6 de novembro

Três dias e nada de diminuir. A tempestade nunca cessa, nem por um segundo. O barulho é indescritível, um ribombar de trem, um gemido na chaminé. É bastante cansativo. Mesmo quando durmo, sonho com vagões chocalhando e guinchando. Nem me recordo de como é o silêncio.

Posso entender por que os vikings acreditavam em gigantes da tempestade. Tenho de lembrar a mim mesmo constantemente que não há intenção por trás dela. Parece tão furiosa. Como se quisesse despedaçar a cabana e me levar para a noite.

Chegar à tela Stevenson está fora de cogitação, mas mantenho-me em contato com Ohlsen, na ilha Bear. (Graças a Deus os mastros de rádio têm aguentado firme.) Em minhas transmissões, finjo uma calma de velho campista experiente. *EH DAS GRANDES PT NEVA ATEH AS JANELAS PT HORA DE COLOCAR EM DIA AS LEITURAS EXC* Troco mensagens com Algie e, através dele, com Gus. *VENTA BEM PT TELA CORRE RISCO PT PELO MENOS MANTEM A BAIA SEM GELO PT CAES BEM PT CREIO QUE GOSTAM EXC* As respostas de Algie são animadas, de escoteiro. *BOM TRABALHO JACK EXC SABEMOS QUE EH PRECISO MAIS QUE UMA BRISINHA PARA ABALAR SEUS NERVOS EXC* Tem razão nisso, Algie, meu velho. Ao contrário de você, não sou de entrar em terror absoluto por causa de uns poucos pesadelos. Mas você já sabia disso, não é, meu velho?

Atendo-me à rotina, faço minhas caminhadas *dentro* da cabana, dando voltas atentas pela sala e censurando-me quando perco a conta e tenho de recomeçar. O que faço com frequência. Uma vez por dia, tento dar comida aos cães, mas na realidade é mais dia sim, dia não. Quando o faço, dou-lhes muita comida, para compensar. Preciso sempre retirar a neve acumulada pelo vento que bloqueia a porta deles. Todos parecem bem, embora meio amedrontados, mas eu me preocupo. E se sufocarem? E se eu não conseguir alcançá-los e eles se devorarem? Quando estou na cabana, falo com eles pela parede do quarto – ou melhor, grito – e eles respondem aos latidos. Pelo menos assim sei que ainda estão vivos.

E pensar que houve uma época em que eu gostava da neve. É horrível. Arde nos olhos. Ofusca, levando-o a se perder. Sempre que abro a porta, deixo entrar um redemoinho e tenho de passar séculos limpando (embora eu admita que isso ajuda a manter os barris de água cheios). E a neve ainda consegue se esgueirar para dentro, infiltrando-se sob portas e pelas rachaduras ocultas cuja existência eu desconhecia. A geada começa a formar crostas nas paredes internas da cabana e a se acumular nos beliches. Não pensaria que pudesse chegar à sala principal, mas chega. Passei horas raspando. Tirando a umidade com panos, secando-os sobre o fogão.

Esse fogão. Antes, era apenas temperamental. Agora é diabólico; mas ainda consigo acendê-lo, se borrifar parafina em algumas achas. Mas por três vezes – *três vezes* – uma lufada particularmente furiosa de vento soprou uma grande nuvem de fumaça chaminé abaixo, penetrando na cabana. O que me deixou preto como um limpador de chaminés, tossindo os pulmões para fora, com horas de limpeza pela frente. Esta é uma brincadeirinha maldosa da tempestade. Ha-ha-ha. Apesar de meus esforços, as paredes agora estão sujas de fuligem. Penetrou a madeira, então não tenho como limpar.

Para me animar, traí meu plano de ração esta noite e coloquei nossas garrafas de champanhe de Natal para gelar no alpendre.

Para gelar? Jack, você enlouqueceu?

As duas garrafas congelaram em minutos e estouraram com um tiro de rifle. Tirei os cacos de vidro e recuperei o que pude: uma tigela grande de papa congelada. Estive comendo de colher. É deliciosa.

Mas meio forte. Opa. Jack, você está embriagado. Ou "tonto", como diria Gus. Já para a cama.

8 de novembro

Seis dias e ainda venta.

Quatro dias até a volta de Gus e Algie. Mas isto é apenas conjectura minha e Algie disse "pelo menos" duas semanas. E eles sequer zarparão se a tempestade continuar.

Aquela champanhe foi demais para mim, fui derrubado como um touro atordoado. Certa dor de cabeça esta manhã, mas o Pó Matinal Efervescente de Algie pôs-me no prumo.

Está prevaricando, Jack. Acabe com isto.

Assim que me levantei, fui à janela norte e espiei o redemoinho cinza. O poste estava de volta.

Febrilmente, esfreguei meu hálito do vidro. Lá estava ele. Reto. Alto. Não é possível. Você o derrubou. Despedaçou com um machado.

A tempestade deve ter erguido outra tora da praia. Mas, então, por que ela está tão reta e parada? E não está mais próxima do que antes e um pouco para a direita? Mais perto do alpendre?

Uma lufada de violência extraordinária bateu na janela e eu recuei. Quando olhei novamente, o poste sumira. Só o que vi foi neve, girando em colunas no vento uivante. Não havia poste. Nunca houve um poste.

Isso foi há cinco horas. Desde então, consegui pegar um saco de carne de foca para os cães. Disse à ilha Bear que estou bem. Comi uma lata de carneiro cozido e outra de peras. E fumei um maço inteiro de Player's.

Também folheei este diário, o que foi um erro. Choca-me ver como minha letra mudou. Eu costumava escrever numa cursiva elegante, mas desde que estou sozinho, degenerou para um garrancho comprido. Mesmo sem ler uma palavra, pode-se ver o medo.

Quando a tempestade aumentou, escrevi que a saudava. Que eram apenas diferenciais de pressão e coisas que eu podia compreender. Bobagem. O barulho constante, a fúria estridente. Esgota-me. Pulveriza minhas defesas.

9 de novembro

Acordei no silêncio. Um silêncio ininterrupto e inacreditável. Nem um sussurro do vento perturbava a paz. O cobertor sobre a janela do quarto tinha caído e eu me deitava à luz da lua. Os vidros eram quadrados prateados riscados de preto. Estendendo a mão, senti a luz infiltrando-se por minha pele. Eu era um nadador subaquático, flutuando para a luz. Uma linda, linda luz. Minha gratidão era tal que tive vontade de chorar.

Enfim, desvencilhando-me do saco de dormir, vesti as roupas e fui à janela.

Ali, diante de mim, pendia a lua cheia: imensa, luminosa, dourada. Cada detalhe do acampamento revelava-se, cintilando. Onde antes ficava o poste de urso, eu via apenas uma suave curva da neve.

Como um inválido que se recupera, arrastei-me pela cabana, retirando cobertores para deixar a lua entrar. Acendi o fogão. Não acendi luz nenhuma. Não queria que nada diminuísse essa luz milagrosa.

Logo eu sairia, cuidaria dos cães e veria se a tela Stevenson ainda estava lá, mas ainda não. A lua me atraía. Eu queria olhar sem parar. Odiava desperdiçar um segundo que fosse.

Na janela norte, pus as mãos em concha no vidro e olhei. A tempestade limpara o gelo da baía. A lua lançava uma trilha de prata batida pelo mar, saindo de Gruhuken.

– Lindo – sussurrei. – Lindo...

Eu a vi subir. Via-a paulatinamente passar do ouro à prata, sem perder seu brilho. Minha respiração embaçava o vidro. Limpei-a com a manga. Quando olhei mais uma vez, uma cerração fina de nuvem esmaecera a lua a um azul-escuro.

Nesse momento, senti que não estava só.

Com o nariz apertado na janela, senti-me terrivelmente vulnerável, mas não me afastei. Eu precisava olhar.

Onde estivera o poste de urso, havia uma figura de pé.

Em volta dela, a neve tinha um leve brilho; mas nenhuma luz tocava o que me encarava. Não lançava sombras.

Ficou inteiramente imóvel, observando-me. Em um segundo apavorante, notei sua cabeça redonda e molhada e os braços pendendo de lado, um ombro mais alto do que o outro. Senti seu desejo chegar a mim em ondas. Intenso, inabalável, maligno. Tanta malevolência. Sem misericórdia. Sem humanidade. Pertencia às trevas além da humanidade. Era fúria sem fim. Uma maré negra transbordante.

E ainda assim apertei as mãos na vidraça. Não conseguia me afastar. Uma comunhão pavorosa.

Não sei quanto tempo fiquei ali. Por fim tive de respirar, embaçando o vidro de novo. Quando o limpei, a figura se fora.

Corri à janela oeste e olhei. Nada. Os mastros de rádio zombavam de meu pavor. Corri à janela do quarto. De novo, nada.

Corri de volta à sala e parei para escutar. Só o que ouvi foram as batidas dolorosas de meu coração.

As nuvens tinham se dissipado e mais uma vez a lua brilhava. A neve na frente da cabana era lisa. Inocente. Nada mostrava que algo estivera ali. Mas esteve. Esteve. Senti seu desejo. Sua malevolência me atingia.

A mim.

Eu estava errado, errado, errado.

Isto não é um eco.

13

9 de novembro, mais tarde

Coloquei-me a um metro da janela, vendo meu reflexo no vidro. Se ao menos eu pudesse acreditar que vira a mim mesmo. Mas quando se vê numa janela escura, você vê *a si*: seu próprio rosto, seu corpo. O que vi não tinha barba desgrenhada nem cabelos revoltos apontando para todo lado. Não tinha rosto. O que é? O que quer? Por que sua raiva de mim? Será porque destruí a choça? O que posso fazer para apaziguá-lo?

Atrás de mim, um estalo de estática. As luzes do Eddystone ganharam vida. Devo ter ligado quando me apressei a tirar os cobertores das janelas, embora não me lembre. Mas ali estava. Uma transmissão.

Meus joelhos vergaram. *Uma transmissão.* O que acabei de viver? Algo forçando sua entrada, como o sangue manchando uma atadura?

Do canil vieram latidos urgentes. *A tempestade passou! Estamos com fome!*

Numa voz áspera, gritei-lhes que iria logo.

Mais uma vez, farrapos de nuvem escura vagavam para a lua, como a mão que se estende para cobri-la.

Sem tirar os olhos daquela face iluminada e escoriada, coloquei os fones de ouvido e peguei meu bloco. Tinha de continuar olhando a lua. Se não o fizesse, as nuvens a esconderiam de novo e então...
AQUI GUS PT
Gus?
Contrariando ordens médicas, ele fez com que Algie o levasse à estação do telégrafo.
Minha mão tremia enquanto eu batia uma resposta inadequada.
COMO ESTAH INT
DOLORIDO ENTEDIADO ZANGADO E VOCE INT
BEM PT
MESMO INT
Meu dedo parou na chave. *SIM MESMO*, respondi. *PESADELOS MAS AGORA MELHOR PT*
A resposta veio num matraquear rápido em staccato. *JACK VOCE ESTAH BEM INT SR E ESTAH AQUI PODE PEGAR VOCE EM DOIS DIAS PT*
ESTOU BEM PT TEMPESTADE LONGA MAS BEM AGORA PT
Por que eu disse isso? Por que não, *SIM VENHA RAPIDO NAO SUPORTO MAIS*?
Porque Gus estava na outra ponta. Gus, o monitor de cabelos dourados que Jack, o garoto zeloso, queria tanto impressionar.
JACK VOCE EH INCRIVEL EXC SOU TAO TREMENDAMENTE GRATO EXC EXPEDICAO ARRUINADA SEM VOCE EXC

Ruborizei de prazer. Gus sabia o que eu enfrentava sozinho; sabia o quanto devia a mim. Regozijei-me em sua gratidão e admiração.

Agora ele perguntava dos cães.

CAES ESPLENDIDOS, respondi. *EH BOM TELOS ESP ISAAK CAO FORMIDAVEL PT*

Enquanto eu batia a mensagem, meus olhos começaram a arder. Era tão maravilhoso falar com Gus, mas doía. Fez com que sentisse ainda mais a falta dele.

JACK SEU TONTO EU SABIA QUE IA GOSTAR DELES PT
SIM PT
IDIOTA PT
SIM PT

Fiquei sentado ali, sorrindo através das lágrimas. Era tão bom receber as implicâncias de Gus. Tão normal, caloroso e humano.

Continuamos numa conversa inconsequente, mas representou tudo para mim. Por fim ele disse que precisava ir. Eu não conseguia pensar em nada que o retivesse, assim combinamos quando voltaríamos a conversar e nos despedimos.

Desliguei o receptor e olhei as anotações que fiz de suas palavras.

Conversar com ele mudou tudo. Deixou-me ainda mais agudamente consciente de meu isolamento, mas também me deu forças. Eu não era mais o obsessivo amedrontado que se encolhia na tempestade e travava uma batalha ilusória com um tronco. Eu era Jack Miller, o homem que manteve viva a Expedição Spitsbergen de 1937, contra todas as expectativas.

Sentei-me mais reto. Alegrei-me com cada detalhe comum da cabana. As latas arrumadas de ovos em pó e Breakfast Cocoa nas prateleiras da cozinha. Os cabos de aço limpos do gerador a bicicleta. Senti a aspereza da mesa sob minhas mãos, os cheiros familiares de parafina, fumaça de lenha e roupas sujas. Este é meu mundo. Moderno. Prático. Real.

Percebendo que eu estava faminto, abri uma barra de chocolate e a devorei. A doçura ardeu em minha boca, a torrente de energia deu-me vertigem. Coei café e bebi duas canecas escaldantes. Preparei uma imensa tigela de ovos mexidos com salsichas e queijo. Acendi lampiões e sintonizei o rádio na BBC. Deleitei-me em cada tarefa prosaica.

Agora mesmo fui à janela do quarto. O mar é preto, pontilhado de icebergs, mas eles são poucos e bem espaçados. Eu tinha razão, a tempestade manteve a baía aberta. Os cães cavaram a saída do canil e correm pela neve. Perto da cabana, montes de neve estão quase na janela, mas a alguns metros ficam mais rasos e suas patas não afundam tanto. Quando me veem, eles abanam o rabo e latem para que eu saia. Não fariam isso se houvesse algo lá fora. Os animais sentem essas coisas, não sentem?

Mas ele voltou. Sei disso. Carrego esse conhecimento dentro de mim como uma pedra.

O que ele quer? Que coisa terrível aconteceu aqui para que ele assombre com tal malevolência?

Penso em toda a selvageria de que ouvi falar. Lembro-me de Algie e seu gosto por matar. Sua indiferença para com a agonia da foca, sua disposição de mutilar os cães.

O que houve aqui?

Mais tarde

Nem acredito que fui tão estúpido.

Quando "conversava" com Gus, fiquei tão estupefato que me esqueci de fazer a pergunta sumamente importante: quando vocês voltarão?

E por que ele não disse nada por si mesmo?

Em 12 de novembro. Por meus cálculos, é o mais cedo que chegarão. Faltam três dias. Mas certamente, se estivessem prestes a partir, Gus teria me dito alguma coisa. O que ele não está me contando? Quanto tempo mais tenho de aguentar?

Preciso sair novamente. O céu está limpo. Não há nuvem para cobrir a lua.

10 de novembro

O dia de ontem parece ter acontecido um milhão de anos atrás. Lembro-me de criar coragem para sair com uma dose de uísque e um cigarro. Depois, abrindo a porta para uma muralha de neve.

Meu Deus, fiquei aliviado. Aqui estava uma tarefa braçal que eu podia realizar.

Os cães me ouviram cavar e desataram num clamor de impaciência. Abri caminho até lá e eles caíram em mim, muitos focinhos ansiosos e patas agitadas. Quando enfim pude olhar a minha volta, descobri Gruhuken transformado. A lua era tão luminosa quanto o dia. A neve era deslumbrante. A meu redor, o acampamento era radiante e sereno. *Sereno*. Não senti vestígio de pavor. Nada maculado por aquela presença maligna. A lua a banira.

Afivelando meus calçados de neve, desci à praia, com os cães saltando à minha volta, disputando minha atenção. O luar conferia às montanhas um azul-acinzentado. Na baía, icebergs reluziam. Na beira da água, pequenas ondas escuras debruadas de espuma cinzenta quebravam-se na beira. Respirei grandes golfadas de ar puro e gélido. Senti a luz banhando minha consciência, dispersando as sombras dos recessos mais fundos de meu cérebro. O que aparecia no escuro não me prejudicava na luz.

Trabalhei por horas. Primeiro, peguei lata após lata de *pemmican* para os cães. Depois limpei a calçada e abri um caminho a pá no entorno da cabana, outro ao depósito de emergência e mais um à tela Stevenson – que, por milagre, sobreviveu intacta. Enquanto eu trabalhava, ocorreu-me que em algum lugar abaixo de mim estavam os restos do poste de urso. Pertencia a outra época. Perdera o poder de me apavorar.

O *luxo* de trabalhar na luz! E a lua me acompanhou o tempo todo. Gruhuken fica tão ao norte que, quando a lua está cheia, ela não se põe, mas circula interminavelmente pelo céu, e assim nunca a perdemos de vista. É um milagre. Uma dádiva dos deuses. Sempre que se olha para cima, lá está ela, cuidando de você.

Depois de terminar minhas trilhas, limpei a tela Stevenson e outros instrumentos e coletei meu primeiro conjunto de dados desde a tempestade. Transmiti-os à ilha Bear. Liguei o Austin e mandei um relatório à Inglaterra (o que deixara de fazer durante a tempestade). Depois me coloquei na frente do alpendre e fumei um cigarro, como um colono no Velho Oeste americano, avaliando seu rancho. Eu recuperara a posse de meu acampamento. *Meu* acampamento. De Jack Miller.

Os cães brincavam na praia, mas de repente Upik parou numa derrapada e aprumou as orelhas. Um por um, os demais fizeram o mesmo.

Teriam eles captado o cheiro de um urso? Eu estava prestes a pegar minha arma quando Svarten soltou um latido grave e correu para o oeste. O resto da matilha foi atrás dele. À medida que o bater das patas se reduzia, ouvi o que eles ouviram: um arranhar, ecoando no silêncio. Arranha... Arranha... Arranha... Constante, arrastado. Mas este era inteiramente diferente daquele som que ouvi perto do poste. Este som pertencia a *meu* mundo.

Os cães correram de volta, seus olhos brilhavam de empolgação. Atrás deles, cinza contra a neve, distingui a figura de um homem.

Meu coração saltou. É um lugar-comum, mas ele realmente saltou quando o vi se aproximar, os braços e pernas movendo-se num ritmo lento mas seguro enquanto ele esquiava.

Acenando e gritando inutilmente, corri para encontrá-lo.

– Olá! Aqui!

Uma figura atarracada de casaco de pele de ovelha, ele vestia imensas luvas de peles, botas de lona, um gorro de pele disforme. Por baixo, vi uma barba com crostas de gelo e um bigode de morsa; sobrancelhas eriçadas e olhos pequenos e brilhantes. Eu sorria como um louco, mas não conseguia me conter.

– Caçador Bjørvik, suponho? *Bem-vindo!* É muito, mas muito bem-vindo!

Meu visitante se curvou nos bastões de esqui, numa névoa de hálito congelado.

– *Ja* – disse ele, tirando uma luva e pegando minha mão num aperto esmagador. – Bjørvik.

Mais tarde

Comportei-me como um completo tolo. Fui efusivo, tagarelei, gesticulei. Ele teve a bondade de não se importar, ou pelo menos não demonstrou. Com a formalidade despretensiosa tão cara aos escandinavos, ofereceu-me seu "presente de visita": um saco de corações de rena, fígados de lagópode e outros cortes selecionados, que – com sua mochila, saco de dormir e rifle – ele carregou nas costas por 30 quilômetros desde sua cabana.

Não disse por que veio, nem quanto tempo pretendia ficar e eu não perguntei. Eriksson certa vez falou-me em Spitsbergen que tendemos a não fazer perguntas, apenas supomos que o convidado ficará pelo menos uma semana e que o propósito dele é simplesmente fazer uma visita.

– Sei que estou falando demais – soltei enquanto tirávamos nossas coisas no alpendre –, mas estou sozinho há quase três semanas. – Ruborizei. Ocorreu-me que Bjørvik devia estar só havia meses.

– *Ja* – grunhiu ele, tirando as botas. – É bom visitar.

Suas botas eram de "armadilheiro": uma camada dupla de lona com sola de borracha, sobre dois pares de meias, recheadas de palha. Ele usava o macacão azul de foqueiro com um suéter pesado de lã crua que cheirava fortemente a ovelha. Tardiamente, notei que ele era pobre.

Atrapalhado como um jovem anfitrião dando seu primeiro jantar, eu o fiz sentar-se, depois me agitei com o acendimento de lampiões, do fogão, o preparo do café. Ele plantou as mãos vermelhas nos joelhos e olhou em volta.

Encontrei música no rádio. Preparei uma refeição enorme: vitela cozida e espinafre, ovos, bacon, queijo, bolos de aveia, cerejas enlatadas com leite condensado, amendoim torrado e tudo o mais em que pude pensar. Ao inferno com meu plano de ração. Este homem veio esquiando 30 quilômetros para me ver.

Comemos num silêncio acanhado. Pelo menos eu estava acanhado, uma vez que meus surtos de conversa eram recebidos com monossílabos. Mas Bjørvik disse-me mais tarde que ele simplesmente estava absorto ouvindo Ivor Novello no rádio. Ele não tinha um e já fazia dois anos que não ouvia música.

Depois de comermos, ofereci uísque e tabaco. Declinando do uísque com uma dignidade grave, ele encheu seu cachimbo.

Mas desta vez parei de me preocupar com os monossílabos. Jamais desfrutei de um fumo como naquele momento.

Ivor Novello deu lugar ao noticiário e abaixei o volume.

– É bom – disse Bjørvik com um assentir lento.

Resistindo à tentação de assentir também, sem querer que ele confundisse isso com um arremedo, concordei que *era* bom, muito bom; embora eu não soubesse se ele se referia à comida, à música, ao tabaco ou a mim.

Falei.

– Na Inglaterra, eu preferia ficar sozinho. Agora acho que a melhor coisa na vida é ter um visitante.

Por baixo das sobrancelhas, seus olhos cintilaram. Dando um tapa no joelho, ele ladrou uma risada.

– *Ja!* É bom!

Escrevo estas linhas em meu beliche. Bjørvik está no de Algie, o inferior, mais perto da janela. Ele ronca baixo: um som maravilhoso.

Não estou mais sozinho.

Ver a janela da cabana acesa quando chego. Sentir o calor de um fogão bem abastecido. E quando estou dentro dela, ouvir seus passos na calçada, os assovios quando ele corta madeira e pega gelo para o vapor. O dia de ontem parece fazer um milhão de anos.

Ja. É bom.

12 de novembro

Dois dias voaram. Ontem recebi uma transmissão de Algie. Disse que estava tudo bem, mas que levarão "alguns dias" antes da partida. Posso lidar com isso agora, porque não estou só. Ninguém pode ter um hóspede melhor, mais gentil e mais tranquilo numa casa. De muitas maneiras, ele me lembra Eriksson. A mesma face sulcada, que às vezes sofre uma alteração sísmica, como um terremoto de risos ribombando à superfície. O mesmo respeito entre o humor e a admiração pelos jovens cavalheiros ingleses com sua paixão pelo clima. O mesmo caráter avuncular: como se eu fosse um sobrinho talentoso, mas ignorante, que deve ser vigiado, ou se meterá em problemas. Eu o chamo de "senhor Bjørvik" e ele me chama de "senhor Yack".

Em deferência a suas maneiras, fazemos nossa principal refeição às duas horas. Depois disso, jogamos cartas ou ouvimos o rádio – mas nunca ao mesmo tempo, porque ele pensa ser desrespeitoso para com a BBC. Às oito, comemos uma ceia simples de ovos e bacon, e às nove e meia ele me deseja boa noite e vai dormir, enquanto eu fico sentado, desfrutando da segurança.

Ele está acostumado a comidas simples, principalmente foca e rena (chama tudo de "carne"); bolos de farinha de trigo, gordura, damasco seco e galões de café. Delicia-me oferecer-lhe carneiro e porco enlatados, salada de frutas australiana, legumes em lata, biscoitos digestivos e chocolate. Ontem atiramos numa rena (ele ignora calmamente seu status de animal protegido) e tivemos imensos filés suculentos e panquecas de sangue – que são deliciosas; não se sente o gosto de sangue. Também comemos o tutano escorregadio das pernas traseiras, que também era delicioso, mas me obrigou a frequentes idas à latrina, para diversão de Bjørvik.

Minha hora preferida é depois da ceia. Eu leio e fumo, e ele fuma e entalha: um par de tamancos para o clima frio futuro, uma bainha de chifre para sua faca. Está devorando os romances criminais de Algie e gosta particularmente de Edgar Wallace.

Várias vezes por hora, vou à janela e procuro nuvens no céu. Sei que é tolice, mas não consigo evitar. Ressinto-me da mínima névoa obscurecendo a lua. E acontece muito repentinamente: num momento está-se olhando aquele disco puro e brilhante; no seguinte, ele se foi, tragado pela escuridão tinta. Pensei que Bjørvik se riria de minha ansiedade, mas ele nem mesmo sorri. Tenho a sensação de que compreende exatamente por que preciso da luz.

Não falei na assombração e ele não falou nisso, mas tenho certeza de que ele sabe. Ele me diz que caça nesta parte da costa há anos. Ele sabe. Uma vez, quando lhe perguntei se já experimentara o *rar*, ele me lançou um olhar suspeitoso e disse que nunca teve "problemas" em *seu* trecho do litoral. E esta noite, quando eu disse que prefiro esse vento que temos à "quietude morta", ele disse, "*Ja*. A quietude. Quando você se ouve piscar. É terrível". Mais tarde, perguntou sobre o poste de urso e franziu o cenho quando contei que derrubei.

Esta era a minha chance. Eu devia ter dito alguma coisa. Por que não falei?

Porque não *quero* falar. Porque tenho medo de que, se falar, possa de algum modo invocá-lo. Em agosto, na "primeira escuridão", Eriksson perguntou se falei com a coisa. Entendi agora por que ele considerava tão importante. Pelo mesmo motivo, não quero mencionar isto a Bjørvik; porque sinto que, se o fizer, estarei convidando a coisa a entrar.

Além disso, com alguma sorte, não precisarei. Se tudo correr bem e o mar continuar limpo, Gus e Algie voltarão antes que Bjørvik vá embora.

14 de novembro

Soprou uma tempestade depois que escrevi isso: um vento norte vindo do Polo. Agora passou, mas esta manhã o céu estava tão nublado que eu não conseguia ver a lua, e a baía estava cheia de gelo.

Fiquei apavorado. O mar sumira. Em seu lugar havia lajes imensas e caóticas e pináculos inclinados, como uma cidade congelada fantástica. Nem acreditei. A banquisa só deveria chegar depois do Ano-Novo.

Quando disse isso a Bjørvik, ele soltou uma gargalhada.

– *Nej, nej*, senhor Yack, não é banquisa! Essa vem em *Januar* e você saberá, verá o *islyning*, o gelo pisca, quando ele atira a luz no céu. Isto é só gelo que flutua da tempestade. Muito perigoso, o senhor fica longe, senhor Yack. Mas não se preocupa, logo o vento muda e o gelo sai.

Ele tinha razão, claro. O vento mudou e já soprava o gelo do mar.

Eu queria saber tanto quanto Bjørvik. Talvez então fosse capaz de lidar com este lugar. Ele leva uma vida de solidão inimaginável. Sua cabana principal fica em Wijdefjord, mas construiu outras quatro menores a alguns dias de caminhada, com montes de armadilhas para raposas e ursos entre elas. A isca das armadilhas para raposas é de cabeças de aves marinhas, as de urso têm gordura de foca, e ele verifica a cada quinzena. Não teria tido tempo de me fazer esta visita se não fosse pela tempestade. Criou uma neve funda e as raposas a evitam, porque temem ficar presas nos bancos e ser devoradas pelos ursos.

Ele disse que a caça tem sido pior do que antigamente. No inverno passado, pegou apenas 12 raposas e dois ursos; consegue, porém, um preço decente pelas peles e um químico de Tromsø lhe deu 24 krøner pelas vesículas biliares de ursos, que são uma cura para o reumatismo.

Considero estranho que ele possa falar desses ursos que inspiram assombro e das belas e pequenas raposas como se não passassem de peles animadas; entretanto, ele cuidou de um filhote órfão como uma *husrev* (uma "raposa doméstica") e se entristeceu quando ele adoeceu e morreu. Suponho que ele seja pobre demais para ter sentimentalismos com os animais. Este é um privilégio que só a classe média pode ter. Desconfio de que ele deplora meu esbanjamento de caramelos com Isaak, embora seja educado demais para demonstrar. E certamente reprova que os cães corram soltos. (Para aplacá-lo, voltei a prendê-los nas estacas durante o "dia" e fechá-los à noite, o que eles odeiam.)

Queria saber por que ele sempre caça sozinho, mas ele não disse e não perguntei. Uma vez, porém, deixou escapar que não foi "o melhor discípulo de Deus" em sua juventude. E, por outras coisas, deduzo que há aspectos de seu passado de que ele se arrepende.

O céu está limpo novamente e a lua voltou – embora eu fique alarmado ao ver o quanto ela minguou. Ela muda o tempo todo. Às vezes é dourado-clara, em outras, branco-azulada. Em algumas ocasiões tem um halo cinzento, margeado levemente de vermelho.

Mas na realidade não tem nenhuma dessas cores. É uma cor de lua que não consigo descrever. Ou talvez não tenha cor alguma; talvez a luz não seja forte o suficiente para permitir que meus olhos enxerguem em cores, e assim o que vejo seja o mundo em preto e banco, como Isaak vê.

E por que tento descrever as cores? Será a compulsão humana para dar nome às coisas, para afirmar o controle? Talvez a mesma compulsão impulsione nossa meteorologia: toda essa observação, medição e registro. Tentando tornar suportável esta terra vasta e silenciosa.

E será também por isso que escrevo este diário? Para registrar tudo com clareza, para entender? Se puder ser descrito, pode ser compreendido. Se puder ser compreendido, não precisará ser temido.

Digo "registrar tudo", mas claramente fui seletivo. E, tendo folheado estas páginas, surpreende-me o que escolhi colocar nelas. Por que comecei com aquele cadáver sendo puxado do Tâmisa? E por que mencionar aquele urso-polar de cara preta guardando sua presa? Não, é um erro dizer que me *surpreendo* com minha seleção. Fico alarmado. Não gosto do padrão que crio aqui.

Mais uma vez, por que escrever? *Estaria* eu tentando entender o que vivi, ou tento empurrar para o passado, impedir que invada o presente?

Se eu fosse um homem diferente, poderia estar fazendo isto para deixar um registro de alerta aos outros, caso algo me aconteça. Mas não sou altruísta o suficiente para tanto. Não me importa o que acontecer depois de minha morte. (Mas noto a contradição: de um lado, não creio que nada de mim sobreviverá à morte, enquanto, de outro, sei que Gruhuken é mal-assombrado.)

Deste modo, se não é isto, o que será? Estarei eu tentando realizar algum exorcismo? Será possível fazer isso registrando as coisas por escrito?

Depois da Guerra, meu pai sofreu os pesadelos mais pavorosos. Na realidade todos nós sofremos, porque seus gritos acordavam a casa toda. Certa noite, quase se perdeu a cabeça (literalmente). Sonâmbulo, meu pai pegou o revólver de serviço debaixo do travesseiro e atirou num oficial alemão que – ele nos contou depois – viu nitidamente parado ao pé de sua cama. A bala atravessou a parede do quarto e se enterrou 15 centíme-

tros acima de minha cabeça, enquanto eu dormia no quarto ao lado. No dia seguinte, minha mãe pegou a arma e "dispôs dela" (não sei como) e obrigou meu pai a procurar um médico dos nervos. O médico lhe disse para escrever um relato de suas experiências nas trincheiras – "para exorcizar seus demônios". Evidentemente, ele não o fez. E os pesadelos não duraram. Ele já estava doente da tuberculose que o matou dois meses depois.
Mas será isso, pergunto-me, que tento fazer agora? Exorcizar meus demônios?
Novamente, há uma incoerência. Quero exorcizar a assombração escrevendo sobre ela, mas não quero falar nela em voz alta, por medo de invocá-la.
E como eu *posso* exorcizá-la, quando não sei o que ela é?

Mais tarde

Isto foi uma digressão, mas ajudou a clarear meus pensamentos.
Sei que Gruhuken é mal-assombrado. Sei disto. Um espírito colérico anda por este lugar. Não é um eco. Ele tem intenção. Deseja-me o mal.
E não sei como apaziguá-lo, nem exorcizá-lo, porque não sei quem – o que – ele é. Ou o que quer.
Bjørvik sabe de alguma coisa. Tenho certeza. Preciso fazer com que me conte. E não posso mais deixar a questão de lado. Logo ele vai partir. Ele já está fora há quase uma semana; precisa ver suas armadilhas.

Pensei em ir com ele. Mas não poderíamos levar os cães; eles assustariam as raposas e arruinariam seu sustento. E não posso abandoná-los, não posso dar um tiro neles, não posso permitir o fracasso da expedição. Os mesmos velhos argumentos. Além disso, é só uma questão de dias até a volta de Gus e Algie. Não posso mais adiar isto. Preciso falar com Bjørvik. Ele tem de me dizer o que sabe.

— 14 —

16 de novembro

Bjørvik partirá amanhã. Convidou-me a ir com ele. Foi depois da ceia; estávamos em nossa segunda caneca de café.
— Senhor Yack. Quando eu sair, o senhor vai também, *ja?* Leva os cães. Fica comigo.
Tocou-me profundamente que ele tenha se oferecido para levar os cães, mas ao mesmo tempo me deixou alarmado. Que perigo crê ele que corro para arriscar seu sustento a fim de me ajudar?
Por um momento de loucura, eu quase disse sim. Mas não posso fazer isso com ele. E não posso trair a confiança de Algie e Gus. Muito bem, ao inferno com Algie, não posso trair a confiança de Gus. *JACK VOCE EH INCRIVEL EXC EXPEDICAO ARRUINADA SEM VOCE EXC.* É a isto que se resume.
Ainda imagino como será quando ele voltar. Seus olhos azuis brilhando de gratidão e admiração. *Você conseguiu, Jack. Não pensei que alguém pudesse, mas você conseguiu!*
É ridículo, eu sei, e escrever isso me faz encolher, mas não me impede de passar e repassar a cena em minha mente.

Por isso, quando Bjørvik me convidou para ir com ele, eu disse não.

Ao tentar explicar meus motivos, de repente me ocorreu que esta era a terceira vez que eu rejeitava uma oferta de sair de Gruhuken. Primeiro Eriksson, depois Gus, agora Bjørvik. Há uma simetria horrível nisto. Nos contos de fadas, as coisas não acontecem sempre em trincas? E na Bíblia? Três vezes antes de o galo cantar... É como se eu estivesse destinado a ficar aqui sozinho desde o início.

Depois que concluí, Bjørvik disse simplesmente:

– Mas, senhor Yack. Seus amigos. Quanto tempo até voltar?

– Não muito. Eles partirão logo, chegarão aqui em três dias, no máximo. Amanhã de manhã me telegrafarão para finalizar as coisas.

Ele não respondeu.

Peguei o bule de café e enchi nossas canecas. Derramei um pouco na mesa. Sentei-me e o olhei nos olhos. E disse:

– Gruhuken é mal-assombrado.

Seu olhar não deixou meu rosto.

– *Ja*.

Não dizem que falar nas coisas faz com que fiquem melhores? Ora, não é verdade. Parecia que eu abrira a janela e deixara alguma coisa entrar.

– Diga-me. Diga-me o que assombra este lugar – falei.

Ele tomou um gole do café e baixou a caneca.

– Não é bom falar nisso.

– Mas precisamos.

– Senhor Yack. Tem coisas no mundo que não entendemos. Melhor deixar como está.

– Senhor Bjørvik. Por favor. Eu preciso saber.

Ele ficou em silêncio por um bom tempo, olhando o núcleo vermelho do fogo.

– Ninguém sabe seu nome – disse ele. – Um caçador. Os homens o chamavam de nomes ruins. Ele nunca pareceu ouvir. Fitei-o.

– O senhor... Conheceu-o?

– Ninguém conheceu. Uma vez, quando eu era jovem, eu vi. Em Longyearbyen, 26, 27 anos atrás. – Ele fez uma careta. – Quando ele era vivo.

Engoli em seco.

– Então isto foi... Em 1910, ou por volta disso. Antes da Guerra.

– *Ja.* Tudo isso acontece antes da Guerra.

O que ele me disse então saiu aos trancos, entremeado de longos silêncios. Ele detestou me contar, mas eu fui implacável. Ninguém sabia de onde vinha o caçador. De ermas regiões no norte da Noruega. Algum lugar pobre. Ele conseguiu chegar a Spitsbergen em um baleeiro. Era feio e tinha maneiras abjetas que incitavam o pior nas pessoas, em particular nos homens. Davam-lhe as tarefas mais sujas e degradantes. Bastou isto: nada além de maneiras abjetas e aparência desfavorecida. Bjørvik o chamou de algo em norueguês; creio que significa desprezado por Deus. Um desses refugos da vida.

Em Longyearbyen, ele quis uma vaga nas minas, mas não tinha força suficiente e não o aceitaram. Tentou vender fósseis aos turistas, mas sua aparência os afrontava. De algum modo foi trabalhar num navio foqueiro e encontrou o caminho a uma baía isolada no norte. Ali construiu uma choça de madeira flutuante e passou a caçar com armadilhas.

Por alguns anos, morou ali sozinho. Todo verão, aparecia em Longyearbyen para vender suas peles e pegar suprimentos. Não sabia ler e nunca lidava com dinheiro, então as pessoas trapaceavam com ele. Depois de alguns dias ele partia, de volta ao único lugar onde ninguém soltava os cães em cima dele, nem o ofendia.

Gruhuken.

Um cartel de mineração o tirou dele. Em toda essa imensidão vazia, tinham de possuir justo esta baía solitária. Descobriram carvão aqui. Tomaram posse e o expulsaram.

– Não entendo – eu disse. – Encontramos a placa de posse deles. Da... Edinburgh Prospecting Company, algo assim, mas datava de 1905. Isso não foi *antes* de ele vir para cá?

– *Ja*, claro. Mas senhor Yack, aquelas placas, elas dizem o que eles querem.

– Quer dizer... Que eles antedataram a posse? Isso não é ilegal?

Ele bufou.

– Isto era terra de ninguém! Sem lei! Eles fazem o que querem!

– Então, embora ele tenha chegado aqui primeiro...

– Ele era um, eles eram muitos. Expulsaram o homem.

– E depois?

Ele mascou o bigode.

– Ele voltou.... Dizem que mandaram ele embora. Dizem que nunca mais o viram.

– "Dizem"? Quer dizer que não foi assim?
Seu olhar passou ao fogo.
– Não sei. Depois disso, ninguém o viu. Vivo.
– Mas... O senhor sabe de alguma coisa. Não sabe?
Ele se remexeu, pouco à vontade.
– Quando os mineradores têm dinheiro, senhor Yack, eles bebem. Quando bebem, eles falam. Naquele tempo eu bebia também. Uma noite, estava no bar em Longyear... – Ele se interrompeu.
– E eles estavam lá? Os mineradores de Gruhuken?
– ... Um só. Mas os outros estavam mortos.
– E este minerador, ele contou o que aconteceu?
– Não.
– Mas ele falou e o senhor ouviu sem querer?
Ele me fuzilou com os olhos.
– Ele bebeu até morrer. Não disse coisa com coisa.
– Mas o senhor deduziu. O que fizeram com ele, com o caçador de Gruhuken?
De repente ele se colocou de pé, virando a cadeira.
– Deus é minha testemunha – berrou –, eu *não sei*!
Um silêncio de choque.
Lentamente, Bjørvik endireitou a cadeira e se sentou, fechando a cara para o chão.
Levantei-me e fui à janela, voltando depois a meu lugar.
– Desculpe. Mas... Mesmo que o senhor não *saiba*, acho que deduziu alguma coisa. Diga-me o que pensa que aconteceu.
Ele passou a mão no rosto.

– Penso que... Penso que quando ele voltou... Eles estavam com raiva. Penso que no começo eles só queriam bater nele. Depois virou outra coisa. – Ele engoliu em seco. – Homens assim... Quando sabem que ninguém vai descobrir... Eles fazem qualquer coisa.

Olhando para baixo, vi que minhas mãos estavam cerradas. Pensei nas manchas no poste de urso. Tive náuseas.

Depois disso, não havia muito que contar. A mina claudicou por mais um ano, mas foi derrotada pela má sorte. Um cabo decepou a perna de um homem e ele sangrou até morrer. Um barco virou, afogando dois homens no campo de visão da praia. Por fim, um deslizamento de pedras destruiu as cabanas e os mineradores sobreviventes partiram. No ano seguinte, a prospectora decidiu que o depósito não era tão rico, afinal, e abandonou a mina.

Gruhuken ficou deserto. Rapidamente adquiriu má fama. Quem acampava aqui sofria acidentes. Incêndios. Afogamentos. Um armadilheiro sueco deu um tiro em seu companheiro e se matou. O bilhete no corpo dizia que ele fez isso para escapar do *gengånger* – "aquele que anda de novo".

Ali terminou a narrativa de Bjørvik. Mas sei o resto da história. Por mais de duas décadas, Gruhuken continuou deserto. E então, em 1935, topógrafos da Universidade Oxford avaliaram este trecho da costa e mencionaram a baía como provável local de futuras expedições. Logo depois, Gus Balfour leu seu relatório e pôs Gruhuken no topo da lista.

O lampião se apagara. Reabasteci-o e o recoloquei na mesa. O cheiro de parafina me deixava nauseado.

Bjørvik se sentou com as mãos nos joelhos, olhando fixamente o chão.

Eu pretendia contar o que vivera aqui, mas não consegui me decidir a isso. E ele não queria saber.

Perguntei se ele esteve em Gruhuken antes e ele disse que não, jamais caçou a 15 quilômetros da baía. Perguntei se tinha vivido algum revés em sua estada aqui. Ele disse que seus sonhos foram "ruins". Só os sonhos? Eu o invejava.

Novamente fui à janela. Não conseguia ver a lua. Um vento soprava do leste, criando dedos de neve pela praia. Virei-me para Bjørvik.

– O que a coisa quer?

Ele estendeu as mãos.

Eu entendi.

Ele quer Gruhuken.

E eu estou no caminho.

17 de novembro

Eu devia ter ido com ele.

Mas não tinha certeza se Gus e Algie voltariam em um dia ou mais. Convenci-me de que podia esperar até então.

Minhas mãos transpiram. Meus dedos escorregam na caneta. Por que não fui com ele?

Ele saiu havia quase três horas, pouco depois do café da manhã. Apesar de a lua estar em seu quarto minguante, a aurora boreal brilhar e ele ter dito que havia muita luz para esquiar. Não repetiu a oferta de me levar e eu sabia que ele estava ansioso para partir desde que falamos da assombração. Eu tinha razão sobre isso: falar no assunto o trazia para mais perto.

Eu queria que ele me desse algum conselho sensato, ou um talismã para rechaçar fantasmas, como alho deve repelir vampiros. Até a Bíblia teria sido de algum conforto. Não acredito em Deus, mas eu a teria considerado uma espécie de amuleto superior. Eu disse isso a ele – não sobre o amuleto, mas sobre a Bíblia; tentei fazer chiste disso –, mas ele meneou a cabeça. Uma Bíblia não ajudaria.

Dei-lhe um presente de partida: a maior quantidade de bacon que ele podia carregar, um pacote de nosso melhor tabaco Virginia e os quatro Edgar Wallace que ele ainda não lera. Ele ficou satisfeito. Assim, pelo menos, pareceu-me.

A última coisa que ele disse antes de sair foi para ter certeza de manter os cães perto de mim.

No início não me senti tão mal por ficar sozinho de novo. Uma hora depois, "conversei" com Algie.

Eu esperava que fosse Gus. Estive ansiando por isso. Mas por acaso Gus teve algum "contratempo". Algie jura que ele não corre perigo e não creio que esteja mentindo sobre isso. Mas significa que eles ainda não podem partir. *LAMENTO JACK UMA SEMANA ATEH PODERMOS PARTIR LAMENTO PT*

Fiquei em choque. Não conseguia apreender. Entorpecido, enviei um reconhecimento. *ESTAH TUDO OK PT DIGA A GUS PARA MELHORAR LOGO PT*

OK? Como está OK? Uma semana até que eles partam significa nove dias antes que cheguem aqui. Já é quase dezembro. Como posso esperar que o litoral esteja sem gelo? Talvez eu fique preso aqui até a primavera. Jamais conseguirei.

Quando recebi a transmissão, pensei em ir atrás de Bjørvik. Ao inferno com tudo, prenda os esquis e saia daqui. Mas ele tinha duas horas de dianteira. E não sei onde fica seu acampamento. Não está no mapa. Só o que sei é que fica em algum lugar do outro lado de Wijdefjord, e isto é vasto. Cheguei a pensar em seguir seu rastro. Mas o vento certamente apagou suas pegadas.

Meu relógio de pulso parou, mas, segundo o despertador de Gus, são onze da "manhã". Mais uma hora até precisar sair e fazer as leituras.

Sim, voltamos a isto. Voltamos a criar coragem com uísque e cigarros. Voltamos a subornar os cães com doces para mantê-los perto. Voltamos a observar o céu à procura do menor sinal de uma nuvem.

Pergunto-me constantemente o que fizeram com ele, o caçador de Gruhuken. Penso no minerador que vi em Longyearbyen. *Homens assim... Quando sabem que ninguém vai descobrir... Eles fazem qualquer coisa.*

Lembro-me da malevolência naquela figura na frente da cabana. A fúria inumana, sombria e infindável.

Como suportarei mais uma semana?

Mais tarde

Bebi muito, tive uma séria conversa comigo mesmo e me senti um pouco mais firme. Precisa se lembrar, Jack, de que ele não pode *fazer* nada com você. É a isso que volto sempre. Por isso ainda me prendo à esperança de que *posso* aguentar aqui até que os outros cheguem. Pois o que assombra este lugar é meramente *espírito*. Não é *matéria*. Não como eu sou matéria, e esta caneta, o caderno e a mesa são matéria. Não pode me ferir. Só o que pode fazer é amedrontar.

— 15 —

18 de novembro

Eu sabia que as coisas mudariam, mas não esperava que acontecessem com tal rapidez e nunca pensei que envolveriam os cães.

Enquanto Bjørvik estava aqui, eu não podia realmente imaginar como seria quando ele fosse embora. Um dia se passou e é como se sua visita nunca tivesse acontecido. A lua minguou. É apenas uma lasca no céu. A escuridão voltou.

Antigamente, eu pensava que o medo do escuro era o mais antigo de todos. Talvez eu estivesse equivocado. Talvez não seja o escuro que as pessoas temam, mas o que vem no escuro. O que existe nele.

Estou prevaricando. Os cães.

Ontem, depois de Bjørvik partir, fiz um esforço titânico para absorver o choque sobre Gus e Algie. Criei coragem e fiz meu trabalho. Preparei comida e a empurrei para dentro.

Enquanto cuidava de meus deveres, não vivi nada adverso. Nenhuma presença. Nenhum pavor. Só um encolhimento dentro de mim: a apreensão do que poderia vir.

Às seis e meia dei de comer aos cães e me vi diante da primeira noite sozinho. Não sentia fome e, conquanto estivesse cansado, sabia que não iria dormir, então fiz o que nunca fiz antes e não farei de novo: nocauteei-me com morfina. Dormi por 12 horas e acordei dez minutos antes da leitura das sete. Foi por um fio.

Eu estava no gerador de bicicleta, prestes a começar a transmissão, quando me lembrei de que não tinha soltado os cães – ou melhor, eles me lembraram com queixas indignadas do canil. Como eu já estava atrasado para a ilha Bear, gritei que esperassem e me atirei ao trabalho. A certa altura, creio que tive consciência de que seus uivos ficaram mais altos, depois cessaram abruptamente. Ou talvez tenha sido minha imaginação que, agora, acrescenta detalhes. Quando saí, a porta do canil estava aberta e eles, desaparecidos.

Agitei a lanterna.

– Isaak! Kiawak! Upik! Jens! Eli! Svarten! Pakomi! Anadark! *Isaak!*

Nada.

Isso não era característico deles. Nunca se extraviavam, nem mesmo para a baía próxima. Os huskies não fazem isso. Pelo menos, não os nossos. E eles sempre aparecem quando chamo, como se soubessem que significo comida.

Isso já faz 12 horas.

Como eles saíram? Do que tentavam escapar? O que houve com eles?

Deixei-lhes comida na frente da cabana e calcei a porta aberta do canil, com mais comida em seu interior. Sei que me arrisco a atrair ursos, mas não me importo. Farei qualquer coisa para tê-los de volta.

E eles voltarão, não voltarão, quando sentirem fome? E, como estão sempre com fome, voltarão logo.

Mas e se não voltarem?

19 de novembro

Dois dias desde a partida de Bjørvik. Um desde que os cães desapareceram. Ando recurvado, como se houvesse um tumor nas entranhas. Sinto falta dos cães. Sem eles, não há nada entre mim e o que assombra este lugar.

Pode vir a qualquer momento. Pode ficar fora por dias, como aconteceu quando Bjørvik estava aqui. Mas sempre sinto que ele espera. Isto é o pior. Não saber quando ele virá. Apenas que virá.

Alguns anos atrás, li um discurso do presidente americano no jornal; dizia, *Não temos nada a temer senão o próprio medo*. Ele não sabia. Ele não sabia.

Tentei sentir pena do caçador de Gruhuken. Ele teve uma vida infeliz e uma morte terrível. Mas não consigo. Só o que sinto é pavor.

E saber que ele não ia me ajudar, porque não posso fazer nada para apaziguá-lo. Não importa que eu seja inocente. Não são só os culpados que sofrem.

Além disso, eu *sou* culpado. Porque estou aqui.

20 de novembro

ISAAK VOLTOU! Encontrei-o aninhado contra a porta quando voltei das leituras do meio-dia. Em péssimo estado, ensopado e tremendo de medo. Caí de joelhos e o abracei, "Isaak, Isaak!" E ainda aquele tremor convulsivo, ofegando de terror, os lábios negros repuxados e uma selvageria nos olhos que nunca vi. *Onde esteve?*, eu queria perguntar. *Conte-me o que viu.* Quando abri a porta, ele passou num átimo, raspando o chão para entrar no vestíbulo. Depois se meteu embaixo do meu beliche e se recusou a sair. Todas as súplicas fracassaram, mas por fim um naco de caramelo teve sucesso. Sequei-o com uma toalha e o alimentei com uma lata de *pemmican*, e aos poucos o tremor atenuou e ele foi voltando a si. Seu pelo se afofou com o calor do fogão, os olhos perderam a selvageria. Mas quando me levantei para pendurar a toalha, ele me seguiu, ansioso, mantendo-se tão perto de meus calcanhares que quase tropecei.

– Não se preocupe, Isaak – eu lhe disse. – De agora em diante, você vai ficar aqui comigo. Basta de canil para você, meu amigo. Você está seguro.

Ele olhou meu rosto, as orelhas se retorcendo enquanto ouvia.

É admirável como é tranquilizador ter alguém a quem acalmar. Tornamo-nos muito mais corajosos e mais diligentes. Suponho que os pais se sintam assim. Precisam ser fortes para os filhos.

– Mas o caso – continuei – é que se o deixar solto para andar por aqui, você vai comer tudo o que estiver à vista. Assim, receio que terei de amarrá-lo. Para impedir que ele roesse a corda, embebi-a em parafina. Depois amarrei uma ponta em seu arnês e a outra no que havia de mais inamovível na cabana: meu beliche.

É claro que não deu certo. Quando eu estava fora de vista, na sala, ele soltou um uivo de partir o coração. E por acaso ele gosta bastante de parafina: despachou a corda em cinco minutos. Assim, em vez disso deixei a cabana à prova de cachorro o máximo que pude, transferindo tudo remotamente mastigável para os beliches e prateleiras mais altos. Em seguida espalhei alguns gravetos como chamarizes e o soltei.

Ignorando a madeira, ele queimou o focinho no fogão, depois correu por ali, farejando e levantando a perna sempre que eu não conseguia impedi-lo. Logo começou a ofegar de um jeito alarmante e percebi que sentia calor. Dei-lhe uma tigela de água. Ele lambeu de um jeito aleatório e ainda ofegava. Peguei uma tigela grande de neve. Melhor. Ele a devorou e o ofegar diminuiu. Depois encontrou minhas peles de rena, que eu me esquecera de tirar do beliche, e se acomodou para comê-las.

Fiquei tão ocupado que perdi as leituras das cinco horas e tive de telegrafar uma desculpa à ilha Bear. Não me importei. É maravilhoso ter Isaak comigo. Ouvir o estalo de suas patas no chão. Sentir seu focinho frio cutucando minha palma. Ele não é treinado para ficar em casa – nunca *esteve* numa casa –, deste modo tenho de vigiá-lo constantemente e é exatamente disto que preciso. Agora mesmo ele começou a se agachar, então o peguei pelo arnês e o arrastei para fora. Fiquei de costas para a porta, como um chefe de família de subúrbio tentando convencer Fido a fazer suas necessidades. Não senti nem sinal da presença. Nem Isaak mostrou algum medo. A comida que eu dispusera para os cães ainda estava na neve, mas, para minha surpresa, ele a ignorou. Em vez disso, quando terminou o que precisava fazer, trotou alguns passos e ficou de frente para o mar, com o vento a suas costas. Depois ergueu o focinho e uivou. Senti os pelos se eriçarem na nuca. Tanta solidão. Tanta tristeza. Não parecia que ele chamava sua matilha. Parecia saber que ela jamais voltaria.

21 de novembro

Ele ainda uiva para a matilha, mas está se acostumando a ficar dentro da cabana e não tenho mais de vigiá-lo o tempo todo.

Nem preciso me preocupar com meu radiotelégrafo, porque ele nunca se aproxima dessa ponta da cabana. Fica agitado quando estou trabalhando ali. Cachorro sensato. Queria poder imitá-lo e me manter afastado.

Esta manhã, quase perdi minha conversa com Gus por causa de Isaak. Liguei o Eddystone, mas Isaak estava prestes a se agachar, então eu o levei para fora e, quando voltei, as luzes piscavam.

Corri para colocar os fones de ouvido; não queria perder nem um daqueles pontos e traços incorpóreos que representavam as palavras de Gus atravessando o éter.

JACK ONDE VOCE ESTAH? ESTAH OK? JACK!

Fez-me sorrir que ele tenha usado uma expressão como "OK". Lembrou-me de uma de nossas primeiras conversas a bordo do *Isbjørn*, quando eu disse "OK" e ele disse "sublime", e fiquei muito comovido. Assim, não resisti a usar sua própria palavra na resposta. *ESTOU SUBLIME PT COMO VAI VOCÊ?*

Sendo Gus, ele entendeu de pronto. *OH HA HA MAS FIQUEI PREOCUPADO! CAES SUMIRAM MAS ISAAK AQUI PT O QUE? O QUE?*

Contei-lhe dos cães e da volta de Isaak. Expliquei que Bjørvik partira, mas não mencionei que ele me convidou a ir com ele e eu declinei. A ansiedade de Gus crepitava pelos fios e me deleitei nela. Eu era como Isaak: não importava o que Gus dissesse, era o fato de ele falar que contava. O fato de que ele se importava o bastante para se preocupar. *JACK VOCE E TAO CORAJOSO! EXPEDICAO DEVE TUDO A VOCE!*

Sim, ora essa, certamente deve, pensei. Mas, como era Gus, ruborizei de prazer.

Quando ele se foi, olhei suas palavras na página. Não suportava colocá-las no fogo, então as meti dentro de seu diário.

Nunca senti nada assim por ninguém. Suponho que se chame veneração do herói. Ou talvez eu tenha me prendido a ele porque estou com muito medo. Só o que sei é que, se ele estivesse aqui, eu suportaria qualquer coisa.

O silêncio depois da transmissão ruidosa foi medonho. A cabana parecia fumarenta e suja. Para onde quer que me virasse, via os pertences de Gus. Seu microscópio. Seus livros. Pilhas de suas roupas nos beliches superiores, como corpos. E, em volta da mesa, cinco cadeiras. Cinco. Uma assembleia de fantasmas.

Depois localizei algumas tiras de couro de rena por baixo, que Isaak deixara passar. Coloquei-me de quatro e as peguei, ele se aproximou para investigar e eu me senti melhor.

Não sei o que faria sem ele. Adoro como ele arria o corpo com um *unff* e abana o rabo quando me aproximo. Adoro quando ele se deita de barriga com o focinho entre as patas e mexe as sobrancelhas para acompanhar cada movimento meu. Adoro o cheiro coriáceo de suas patas e o ronronar rouco que ele emite quando fala comigo. Seus olhos são extraordinários. Não são azuis de gelo, como eu costumava pensar, mas *quentes*: o azul claro e luminoso de uma manhã de verão. Sei que isso é ridiculamente exagerado, mas é a verdade.

Enquanto escrevo, ele está embaixo da mesa, recostado em minha panturrilha. Estendo a mão e afundo os dedos em seu pelo. Sinto o calor de seu flanco e as costelas musculosas; o batimento acelerado de seu coração.

Sempre me interrompo para falar com ele.

– Não vamos nos separar de novo, eu prometo. Quando tudo isso acabar, você irá para casa comigo. Para a Inglaterra, Isaak, é lá que eu moro. Não me importa muito quanto vai custar ou quanto tempo levará. As pessoas têm huskies na Inglaterra; Gus conhece uma família em Berkshire, eles têm três. Conseguirei um emprego no campo. Você gostará de lá. E vai adorar caçar coelhos. Você nunca viu um coelho, mas saberá de pronto que serve para ser caçado. Você também será bom nisso. E vou lhe encontrar uma parceira e você será pai de filhotes. Poderá criar sua própria matilha.

Isaak fica sentado com o focinho em minha coxa, olhando-me com aqueles olhos extraordinários.

Mais tarde

O vento sul ainda sopra, rompendo o que resta do gelo. Posso ver a água negra na baía. Agarro-me a isto. A baía ainda está aberta. Eles ainda podem voltar.

Em algum lugar do lado de fora da cabana, bate um canto de papel alcatroado. Algum tempo atrás, arrisquei-me a sair e procurar, mas não encontrei nada. E não tentarei por um bom tempo.

Logo depois de voltar para dentro, Isaak ficou inquieto. Não brincalhão, nem com fome, nem querendo sair, nem procurava onde se agachar. Andava pela cabana, ofegante, mas ignorando a tigela de neve no quarto. Suas orelhas estavam para trás e a cabeça era baixa. Os olhos eram vidrados. Ele tinha medo.

– Isaak?

Ele me ignorou.

Peguei um lampião e uma lanterna e me coloquei no meio do cômodo. Isaak parou a pouca distância da janela norte. Seu pelo se eriçou. Prendi a respiração, escutando. Meus olhos dispararam de uma janela a outra.

De repente, Isaak se sacudiu. Virou-se para mim e abanou ligeiramente o rabo.

Soltei o ar.

Depois disso, não tive coragem de sair, então deixei de fazer as leituras das cinco horas e telegrafei outra desculpa para a ilha Bear. Senti-me mal com isso. Não me agrada pensar que sucumbo a bobagens. Amanhã voltarei à minha rotina.

Minha rotina. Agarro-me a ela. É tudo que tenho. Mas começo a me preocupar com o tempo – isto é, com minha capacidade de acompanhá-lo. Meu relógio de pulso ainda não funciona e hoje descobri que o cronômetro do Stevenson quebrou. Isto significa que só me resta marcar o tempo no despertador de Gus. Amanhã, quando eu sair, vou levá-lo comigo no bolso, embrulhado num cachecol para protegê-lo do frio. Por ora, ele fica na mesa da sala principal.

É só o que tenho para me dizer que os dias estão passando. Não há mais nenhum crepúsculo ao meio-dia e a lua minguou a uma lasca sem luz. Amanhã ela terá desaparecido.

Amanhã a lua escurecerá.

— 16 —

22 de novembro

Na noite passada, soube o que Bjørvik não pôde me contar. Soube o que aconteceu ao caçador de Gruhuken.

Fiquei acordado até tarde, escrevendo e falando com Isaak. Por volta das onze, soltei-o e, quando ele voltou para dentro, pus uma tigela de neve para ele no quarto e nos preparamos para dormir.

Fazia frio lá fora, 25 negativos. Dentro da cabana, nossa respiração formava crostas de geada branca nas paredes do quarto. Eu não conseguia me aquecer. Atraí Isaak ao beliche, mas ele logo pulou para baixo. Enroscou-se no chão, mas não por muito tempo. Eu não sabia se ele tinha captado a inquietude de mim, ou se sentia alguma coisa.

Apesar de dois sacos de dormir e das peles de rena restantes, eu não conseguia parar de tremer. Por fim fui ao corredor e desencavei nosso fogão a parafina portátil sob os arneses dos cães, acendendo-o no quarto. Graças a Isaak, isso significava arrastar os caixotes da parede oposta e posicionar o fogão no alto, onde ele não pudesse derrubar.

Muito melhor.

Sonho que estou num barco a remo com Gus. As ondas nos balançam gentilmente. É maravilhosamente pacífico. Juntos, olhamos pela lateral e vemos as algas *kelp* se balançando na água clara. O barco tomba um pouco para trás e olho por sobre o ombro. A mão se ergueu do mar para se segurar na amurada. Não tenho medo, estou apenas determinado. Não deixaria que essa coisa se içasse para dentro. Empunho uma faca de bom tamanho e, com uma careta de repulsa, começo a serrar os dedos. Minha lâmina se agarra na carne. Eu a puxo para soltar. Continuo tentando. É como cortar um frango quando se erra a articulação e tem-se de serrar o osso. Estou um tanto enojado, mas também acho isso satisfatório.

O sonho muda. Agora estou no mar, no fundo da escuridão. Novamente não tenho medo, apenas nojo. Algo submerso me pega pelos braços. Juntos, rolamos no *kelp* escorregadio. Não consigo ver seu rosto, mas sinto sua face apertada contra a minha, fria e macia como couro apodrecido.

Agora estou amarrado ao poste de urso. Agora sinto medo. Não consigo enxergar. Não consigo falar. Não tenho língua. Sinto cheiro de parafina. Ouço o crepitar das chamas. Sei que alguém ali perto segura um archote.

Ouço agora o tinir de metal arrastado nas pedras. O pavor aperta meu coração. Aproxima-se. Não consigo me afastar. Estou amarrado por mãos e pés. Tinindo. Tinindo. Mais perto. O terror é dominador. A coisa vem para mim. Não consigo me mexer, não consigo *me mexer...*

Com um grito, eu acordo.

Isaak fuçou meu rosto, seus bigodes roçando a minha bochecha. Fico deitado, ofegante e tremendo, o coração martelando tanto que chega a doer.

Eu sentia frio. Meu saco de dormir estava molhado. Colocando a mão para fora, tateio a parede. Molhada. Levo um instante para perceber o que houve. O fogão derreteu a geada.

O sonho ainda está presente em mim. Eu sabia que o terror que senti não tinha sido meu. Pensei nas manchas no poste. O som de metal sendo arrastado em pedras.

Foi quando me lembrei do que havia esquecido: os restos enferrujados que encontramos quando chegamos a Gruhuken. Enterramos para abrir um espaço seguro para os cães. Arame. Arpões. Facas. Facas enferrujadas e grandes: do tipo que antes se usava quando se arpoava a foca e a arrastava à praia.

Facas de esfolar.

Não consegui chegar à lixeira. Vomitei na soleira da porta até que minha barriga doeu.

Isaak veio atrás e mim e lambeu o vômito.

Trêmulo como um velho, cambaleei para a cozinha. Enchi a tigela de Isaak e a baixei. Vi-o farejá-la. Peguei água numa caneca e tentei beber. Meus dentes batiam. Eu não conseguia engolir. Ainda via lampejos do sonho.

Facas de esfolar.

Quando os homens sabem que ninguém vai descobrir, eles fazem qualquer coisa.

Aos 8 anos de idade, vi uns meninos mais velhos torturando um cachorro. No início só o chutavam. Depois um deles sacou o canivete e cortou seus olhos. Lembro-me de vê-lo cambaleando pela rua. Fiquei desesperado para que seu sofrimento chegasse ao fim; por favor por favor que ele fuja. Mas a criatura atravessou trôpega a rua, virou a esquina e, quando cheguei lá, havia sumido. Por semanas rezei para que ele morresse rapidamente. Embora eu fosse novo, suspeitava de que um Deus que permite tal crueldade não se importaria de levá-la a um fim.

Não quero pensar no que fizeram com o caçador de Gruhuken. Ainda ouço o tinido de metal enquanto eles arrastavam os arpões pelas pedras; enquanto jogavam as facas no chão e trabalhavam.

Depois de terminarem com as facas, entraram a parafina e os archotes. Queria poder acreditar que nessa hora ele estava morto, mas não creio que estivesse.

Não quero isto em minha cabeça. Queria poder esfregar minha mente.

São duas da madrugada, mas tenho medo de voltar a dormir. Se o sonho retornar...

Em vez disso, cuido da geada. Bjørvik me ensinou um truque. Pregam-se cobertores nas paredes e no teto, e de algum modo isso impede que ela se acumule.

Pronto. Acabei. Forrei o quarto com cobertores. Ter de me concentrar em martelar os pregos deu-me certo equilíbrio mental.

Mas só agora me ocorre que acabo de criar uma cela acolchoada.

Mais tarde

Pensei que ele queria que eu fosse embora, mas agora sei a verdade. Devo ter adormecido, porque acordei enroscado em meu beliche. A janela era um carvão fraco e oblongo no escuro. Isaak estava no meio do quarto. Seu pelo era eriçado, as orelhas achatadas para trás.

Lá fora, ao lado de minha cabeça, um passo na calçada. Um andar pesado, molhado e irregular.

O suor esfriava minha pele. Fiquei deitado, paralisado, ouvindo os passos percorrerem lentamente a calçada, indo à frente da cabana. Procurei minha lanterna em meio à roupa de cama. Isaak se aproximou e encostou-se, tremendo, ao beliche. Encontrei a lanterna, mas não a acendi. Vi algo escuro passar pela janela do quarto.

Agarrado à lanterna como a um talismã, joguei as pernas para fora do beliche. Fui para a sala. Isaak me seguiu.

Apavorava-me ouvir os passos pararem no alpendre, mas eles continuaram como se ele não existisse. Tateando meu caminho, arrastei-me até a janela norte. Nada. Virei-me para a janela leste. Ali. Entrevisto na beira. Algo escuro.

Os passos na calçada cessaram.

Esperei. Isaak ficou atrás de mim, ofegante de medo. Minha respiração se condensava. Comecei a tremer. Ainda esperava.

Por fim não consegui suportar mais e me meti no saco de dormir. Isaak se espremeu debaixo de meu beliche.

Fiquei à escuta por uma hora. Ele não voltou.

Por Isaak, decidi criar um arremedo de normalidade. Levantei-me e vesti umas roupas, acendi o fogão na sala e os lampiões, deixando a cabana tão iluminada e quente quanto podia. Abri uma lata de *pemmican* e a esvaziei em um dos pratos Royal Doulton, e o vi devorar a comida, batendo o prato no chão enquanto o lambia. Para minha surpresa, descobri que também estava com fome, então preparei quatro ovos de êider mexidos com duzentos gramas de queijo. Mas, depois de preparada, não consegui comer, então dei a Isaak.

Nesse momento ele tinha parado de tremer, embora ficasse junto de meus calcanhares. Foi assim que aconteceu. Eu tinha lavado a louça e guardado tudo nas prateleiras quando me virei, ele não saiu do lugar e eu caí. Bati na mesa e fiz o despertador voar.

Ele quebrou. Algo dentro de mim se quebrou também.

– Merda de cachorro *burro*! – gritei. – Burro! Burro! – continuei gritando, chutando e atacando com os punhos. Ele não tentou se livrar; encolheu-se com o rabo entre as pernas, sem entender o que fez, sabendo apenas que errara porque ele é um cachorro e devia apanhar.

De repente, percebi o que fazia. Caí de joelhos, lancei os braços nele e comecei a chorar. Soluços fortes, aos solavancos. Chorei até me exaurir. Nesse momento, Isaak tinha se desvencilhado e se retirava a uma distância segura. Creio que meu choro o assustou mais do que qualquer outra coisa.

Esgotado, levantei-me e fui lavar o rosto na cozinha. Não me reconheci no espelho de barbear. Quem é esse homem peludo e emaciado, com esses olhos desvairados e sulcos sujos pelas bochechas?

Foi quando entendi que não podia mais fazer isto.

– Muito *bem* – eu disse em voz alta. – Você venceu. Gruhuken é seu. Já basta para mim. Fui derrotado. Vou embora.

A essa hora da manhã, Ohlsen estaria dormindo na ilha Bear, mas podia haver alguém acordado na estação de telégrafo de Longyearbyen. Assim que recebessem meu SOS, eles acordariam Gus e Algie, que acordariam Eriksson e o *Isbjørn* zarparia...

Tinha me esquecido da geada. Não estava só no quarto. Por que deveria? Fiz um bom trabalho aquecendo a cabana. O Eddystone estava salpicado de umidade. O mesmo no Grambrell e no Austin, e em todas as minhas válvulas sobressalentes. Molhados. Arruinados. Inúteis.

Isso foi algum tempo atrás – embora, é claro, eu não saiba exatamente quanto tempo, porque não tenho relógio. Enxuguei o melhor que pude e pendurei as toalhas sobre o fogão para secar. Não sei por que fiz isso. Exceto por ser o operador de radiotelégrafo e não gostar de deixar meu equipamento em desordem.

Quando a ilha Bear não receber transmissões por dois dias, mandará um telegrama a Longyearbyen para enviar-me ajuda. Mesmo que um navio ainda consiga passar, levará mais dois dias. Assim, são quatro dias, no mínimo. Quatro dias.

Procuro acreditar que posso suportar até lá. Vamos, Jack, você conseguiu até agora, só mais um pouquinho. Mas agora as coisas são diferentes. Não há lua.

Quatro dias. Até lá, estará acabado.

Lamento mais por Isaak. Isso me deixa furioso. Não é culpa dele. Ele não pediu para ser trazido para cá. Não é *culpa dele.*

Minha escrita na página é um garrancho demente, mas sei que não estou louco. Isto não é um delírio. Não é um colapso nervoso provocado pela solidão e o escuro. Algo fez com que Gus e Algie vivessem o que viveram. Algo deu pesadelos em Bjørvik, abriu a porta do canil e afugentou os huskies. Algo apavorou Isaak e andou pela calçada da cabana.

Ocorreu-me outra coisa enquanto eu colocava lenha no fogão. A choça do caçador. Quando a derrubamos, cortamos a madeira e colocamos as achas na pilha de lenha. Agora, devo ter trazido alguma para dentro.

E aqueles momentos na tempestade, quando o vento soprou a fumaça chaminé abaixo e ela entrou na cabana. Aquela fumaça negra sujando as paredes, fazendo-me tossir. A choça do caçador. Eu a respirei.

Está dentro de mim.

Mais tarde

A quietude voltou. A escuridão extrema, fria e sem vento. *Esta* é a realidade. A escuridão. Nós somos a anomalia. Pequenas faíscas bruxuleando na crosta deste planeta giratório – e, em volta delas, a escuridão.

Neste momento, voltei ao início deste diário. Não reconheço o homem que o escreveu. Ele realmente passou um verão inteiro na luz interminável? Ele realmente ficou tão ansioso para chegar a Gruhuken? Isso me parece horrendo.

Uma vez ele escreveu que no Ártico seria capaz de ver com clareza, *até o cerne das coisas*. Bem, você conseguiu o que queria, não, seu pobre tolo? Esta é a verdade: o que caminha aqui no escuro.

Algumas pessoas pensam na morte como uma porta a um lugar melhor. *Pois agora vemos através de um vidro, escurecido; mas depois, face a face...* E se não for assim? E se não houver iluminação e for apenas a escuridão? E se os mortos não souberem mais do que nós?

Certa vez, quando eu era menino, perguntei a meu pai sobre fantasmas e ele disse, Jack, se eles existissem, não acha que Flandres estaria cheia deles? E eu disse, quer dizer que eles *não* existem? E ele respondeu, talvez. Ou talvez nós é que não possamos ouvi-los.

Estar consciente na noite eterna. Você reza pelo esquecimento. Mas não há ninguém que o ouça.

Será assim para o que assombra este lugar? Será isto que ele quer para mim? Preso aqui para sempre na noite eterna?

Mais tarde
....

Acabei de perceber o significado do que escrevi sobre o canil. *Algo abriu a porta do canil.*
   A coisa pode abrir portas.
   Ela pode entrar.

Não escreverei mais este diário. Não tem sentido. Acabei com ele. Suponho que deva deixá-lo na mesa à plena vista, para que, se alguém aparecer, encontre-o e saiba o que houve. Mas não o farei. Este diário é *meu*: minhas palavras, e de Gus também, as anotações de nossos diálogos no telégrafo coladas no final. Cuidarei para que esteja comigo sempre.

E então, aqui chegamos: a última página. Nada mais há a escrever.

O diário de Jack Miller

Fim

— 17 —

Amarrei o diário ao peito com um pedaço de lona trançada que restou dos arneses dos cães e visto uma camisa de Gus por cima. Se por algum milagre eu sair desta vivo, direi a ele que a confundi com uma das minhas. Se eu morrer, quero alguma coisa dele comigo.

Estou sentado em meu beliche em um monte de sacos de dormir e peles de rena. Cinco lampiões ardem na sala e o fogão está em brasa (Isaak sabe que não deve chegar perto dele). Aqui, tenho o fogão de parafina nos caixotes que afastei da parede, um lampião numa cadeira a meu lado e duas lanternas encostadas em minha coxa. Está mais quente na sala, mas prefiro ficar aqui. Minha cela acolchoada. Preciso de paredes sólidas em volta de mim. Não obstante, não há motivos para que elas me deem mais segurança.

Não sairei novamente. Tenho muita lenha e, quando acabar, cortarei as cadeiras.

O quarto cheira a urina. Tenho um balde e o usei algumas vezes, e Isaak levantou a perna na porta, embora não em meu beliche. Não me importo com o cheiro. É enérgico e vivo.

Releio o livro de Gus sobre a história natural de Spitsbergen. Seu caráter fastidioso me tranquiliza. Às vezes interrompo para falar com Isaak, ou ler um pouco para ele, e ele bate o rabo no chão. Ocasionalmente falo dentro de minha cabeça, então é com você que estou falando, Gus. Estranho, isso. Embora só tenha Isaak para ouvir, ainda não consigo falar com você em voz alta, apenas em minha mente. Conto-lhe o que aconteceu. Ensaio o que direi se o vir novamente. É isto que me faz continuar. A esperança de que talvez eu o veja de novo. Sinto meu diário preso ao peito, como um peitoral de armadura. Antes, escrevi que o sentia como um irmão, ou meu melhor amigo. Mas agora penso que talvez seja mais profundo do que isso. Não entendo, nunca senti nada assim. E fico feliz por não ter escrito sobre isso em meu diário. Não suportaria se você lesse e me rejeitasse.

E talvez, se eu o vir novamente, nunca vá encontrar coragem para lhe dizer nada pessoalmente. Assim, serei corajoso e direi agora, destemidamente, em voz alta.

Gus. Eu te amo.

— 18 —

Acordei no escuro e num frio mortal. No instante do despertar, sei que percebo o que não pode ser – e ainda assim é. Estou desperto e o vejo, ele é real. Pela soleira, eu o vejo. Está parado na sala olhando pela janela norte. Ele entrou. Vira-se para mim agora. Sinto sua fúria. Sua maldade me esmaga no beliche. Atabalhoado, procuro a lanterna. Não consigo encontrá-la. Não consigo desvencilhar-me do saco de dormir. Derrubo a cadeira a meu lado. O vidro se espatifa. Um fedor de parafina. Encontro a lanterna. O facho gira loucamente pelos cacos espalhados. Um fedor de parafina. Isaak está espremido contra meu beliche. Seus olhos se esbugalham ao seguirem algo que se move fora de vista, atrás da soleira.

Arquejando, esforço-me para sair do saco de dormir. A lanterna escorrega de meus dedos e bate no chão, apagando-se. Choramingando, caio de joelhos e a procuro às apalpadelas. Não consigo encontrá-la. Não enxergo minha mão na frente da cara. Procuro Isaak com as mãos. Ele se foi. Tento me acalmar, mas minha garganta se fechou. A dor dispara pelas palmas das mãos, pelos joelhos. Engatinho em vidro quebrado. Meus dedos dão em madeira. Parede ou beliche? Onde estou? Passos. Pesados. Molhados. Desiguais. Atrás ou à frente? De que lado? De que lado? Sinto o golpe de sua fúria. Sugando-me o ar dos pulmões. Isaak está ganindo. Levanto-me e cambaleio em direção ao som. Bato em algo duro, queimo as mãos em metal quente e caio. Ainda aquele andar pesado, molhado e desigual. Ofegante, engatinho pelo chão. Sinto o espaço se abrindo à minha volta. Vejo um leve brilho vermelho. O fogão. Meu Deus, fui pelo lado errado. Não é o quarto, estou na sala, não tenho saída. Encurralado, giro o corpo. A porta do fogão está aberta. Vejo o brilho dentro dele. Não lança luz alguma, só aprofunda o negror. Não consigo enxergar, mas sinto sua fúria. Perto. Vindo para mim.

Levantando-me trôpego, passo tropeçando pelo fogão e entro no quarto. Mais escuro aqui. Mão após mão, tateio, passando pelos beliches. Em meus pés calçados com meia escorrego, atirando-me contra os caixotes. O fogão portátil cai com estrondo. Não consigo passar pelos caixotes. Não encontro o vestíbulo. Esbarro em algo viscoso e frio, algo que parece couro de ovelha mofado sob meus dedos. O pavor aperta meu peito. Não consigo me mexer. Minha mente escurece. Não consigo suportar. A fúria, a malevolência, não posso...

Isaak arranha freneticamente a porta. Disparo até o ruído. Raspo os nós dos dedos na madeira. A porta. A porta. Isaak passa correndo por mim. Estou no vestíbulo, mais frio. A escuridão pressiona meus globos oculares. Tenho uma aguda consciência do alçapão no alto e do espaço no teto depois dele. Tateio ao andar. Armas. Ganchos. Casacos. Mangas rígidas e frias roçam meu rosto. Meus pés se prendem nos arneses. Isaak encontrou a porta. Tateio. Não encontro a maçaneta. Estou no alpendre, lutando com um emaranhado de bastões de esqui e pás. Abro a porta com violência e precipito-me para a noite.

O frio é uma muralha. Corro para ele, meus pés esmagando a neve. O frio irrita minha garganta, morde minha carne. Não há lua. Nem estrelas. Apenas o leve brilho cinzento da neve para distinguir alto de baixo. Isaak corre à praia, passando por mim. Apresso-me atrás dele.

Olhando por sobre o ombro, vejo as janelas da cabana bruxuleando em amarelo. Parecem erradas. Não é o brilho constante do lampião, é o salto de chamas. A cabana se incendeia.

Atiro-me num rochedo. Arranco-me dali e corro. Tropeço em Isaak. Ele fica tenso e imóvel, de orelhas hirtas. Escutando.

Agarrado a seu pelo, nada ouço além do silvo do vento.

Novamente olho por sobre o ombro. O fogo nas janelas escureceu ao laranja. Escuridão contra brilho, vislumbro uma cabeça redonda e molhada. Não sei se está dentro ou fora da cabana. Ela observa. Sabe onde estou.

Isaak desvencilha-se de minha mão e parte. Não sinto meus pés, mas cambaleio atrás dele. Meu único pensamento é sair dali.

Na praia, o vento entorpece meu rosto. As costelas de baleia cintilam, vermelhas. Ouço a sucção da água, o tinido do gelo. Cheguei ao mar. Não tenho mais para onde ir.

Não tenho casaco, nem gorro, nem botas. Não durarei muito. Mas nem me importa mais. Abomino, porém, a ideia de deixar Isaak sozinho.

Ele está atento, torcendo as orelhas para captar o que escuta. Seu rabo é elevado. Preciso de um instante para entender. Ele não tem mais medo.

Por fim, ouço o que ele ouve. Um chapinhar distante de remos. Pestanejo, sem acreditar. Agora o vejo: um ponto de luz balançando-se na água. Um barco a remo.

Um estrondo com estilhaços atrás de nós da explosão de uma janela. Caindo de joelhos, agarro-me a Isaak. O tambor de combustível perto do alpendre será o próximo.

Agacho-me na beira da água negra e espero que o bote nos recolha.

Eriksson está nos remos, com Algie e dois foqueiros corpulentos, mas é Gus que vejo. Gemendo, debato-me nos baixios. Caio em seus braços.

– Firme, meu velho, aguente firme, Jack... Seus *pés*! Onde estão suas botas? Oh, Jack! – Sua voz é gentil, ele afaga minhas costas e fala comigo o tempo todo, como se eu fosse um cachorro.

Há um *ruído* e uma rajada de vento, em seguida um estrondo ensurdecedor. Vemos destroços em brasa disparando ao céu, caindo em seguida na terra. A cabana se tornou um coração pulsante e vermelho escuro.

Homens me erguem para o bote. Chamo Isaak aos gemidos. Alguém o joga em cima de mim. Agora os foqueiros afastam-se e Gus enrola meus pés no cachecol de Algie e passa um cobertor em meus ombros. Vagamente, distingo a cara branca e chocada de Algie. Tento falar, mas não consigo. Nem mesmo consigo tremer.

Há muito espaço no bote para seis homens e um cachorro, mas me espremo na popa, Gus de um lado e Isaak do outro. Isaak se aperta em mim. Suas pernas dianteiras estão esparramadas, as patas cavam. Ele tem medo do mar. Entorpecido, vejo as luzes do *Isbjørn* mais além na baía, irradiando sua mensagem de santuário pelo escuro. Estou com minha gente. Estou com Gus. Não consigo compreender.

O bote balança nas ondas ao seguirmos para o navio. Recosto-me em Gus e vejo Gruhuken queimar: um carmim tão intenso que fere os olhos. Não consigo desviar o olhar. Encaro as chamas que disparam para o céu. O fogo lança pela água dedos vacilantes de luz para nós. Mas estamos distantes demais. Não pode nos alcançar agora.

Começo a tremer. Gus diz que isso é um bom sinal. Ele ainda fala comigo, suave e continuamente.

A meu lado, Isaak se enrijece. Sinto seu pelo em meu rosto. Meu coração para. São sete homens no bote. Ao lado de Gus – uma cabeça redonda e molhada.

Isaak fica desvairado. Grito, agarrado a ele, tentando arrastar Gus para longe daquela coisa. Os homens berram, levantando-se, o bote balança loucamente. Isaak está desesperado para sair, não consigo segurá-lo. Ele se joga no mar. Gus não está mais ali. Grito seu nome, tentando alcançá-lo com as mãos. Não consigo pegá-lo, ele está longe demais.

Salto atrás dele. O frio é um martelo em meu peito. O mar me arrasta para baixo. Na escuridão, minha mão toca a dele. Pego-a. Meu peito está explodindo. Tento impeli-lo para cima, mas meus dedos estão dormentes, ele escorrega de minha mão. Debatendo-me, atinjo seu corpo. Não é Gus. Minha mão agarra algo macio como couro mofado.

Luto, esperneando para me libertar. Subo à superfície, engasgado, cuspindo água do mar. Pego um vislumbre entrecortado do acampamento em chamas.

Contra o fulgor, vejo uma figura escura de pé na praia, olhando para nós.

— 19 —

Não morri.

O bote não virou e aqueles que estavam a bordo puxaram os sobreviventes do mar e nos levaram às pressas ao navio. Por dois dias fiquei deitado em meu antigo beliche, perdendo e recuperando a consciência.

Algie contou-me por que chegaram a Gruhuken naquele momento. Ficaram preocupados demais depois de nosso último diálogo por telégrafo e convenceram Eriksson a zarpar imediatamente. Foi o que me salvou: o fato de que não os convenci de que não havia nada de errado.

Eu matei Gus. Ele foi o único que morreu. Um dos marinheiros também caiu, mas foi puxado vivo da água e o sr. Eriksson perdeu a ponta de três dedos, por ulcerações de frio. Algie sobreviveu incólume. Ou assim sustenta ele.

O corpo de Gus nunca foi encontrado. Talvez a correnteza o leve ao mar. Talvez ele nunca escape de Gruhuken.

Jurei que jamais escreveria outro diário, mas ontem comprei este caderno. Por quê? Talvez porque amanhã seja o décimo aniversário da morte de Gus e sinto a necessidade de fazer um relato meu. Mas não tenho certeza a quem se destina.

Na viagem a Longyearbyen, não falamos do que aconteceu, mas uma tarde o sr. Eriksson visitou-me na enfermaria. Eu queria lhe agradecer por arriscar seu navio em meu resgate; e ele queria (mais tarde escreveu) dizer-me o quanto lamentava não ter nos avisado de que Gruhuken é mal-assombrado. Mas quem acreditaria nele? No fim, nenhum de nós conseguiu encontrar as palavras, então fumamos em silêncio. Depois contei o que aconteceu na cabana e o que vi no bote. Ele manteve os olhos baixos e, quando terminei, disse, *ja,* a coisa no bote, ele também viu. Foi a última vez que falei neste assunto.

O que não disse a ele é que Gus também viu. Vi de relance seu rosto quando ele caiu no mar. Não suporto pensar nisso.

Ele morreu por minha culpa. Foi por ele que fiquei em Gruhuken: porque queria impressioná-lo. Briguei comigo mesmo por isto, mas foi Gus que morreu. Penso nisso dez vezes por dia, diariamente.

Um ano depois de voltarmos à Inglaterra, recebi uma carta do sr. Eriksson. Dizia-me que voltara a Gruhuken para procurar pelos restos de Gus, mas não os encontrou. Lamentava não ter sido capaz de erigir um túmulo de pedras sobre os ossos de nosso amigo. E disse que fez o que pôde para alertar os outros a manterem distância, estendendo rolos de arame farpado pela praia e "outras coisas" que não descreveu.

Ele não precisa explicar por que fez tudo isso. Sabemos os dois que o que vimos naquela noite ainda está lá.

É difícil acreditar que Eriksson tivesse a coragem de voltar àquele lugar terrível. Nem imagino tal bravura. Certamente eu não a teria. Mas pareço ter um senso rudimentar de honra, pois confessei aos pais de Gus. Procurei-os e contei que, quando ele adoeceu, foi minha decisão ficar em Gruhuken sozinho. Disse-lhes que foi por minha causa que ele voltou. Por minha causa ele morreu. Julguei que me odiariam. Mas eles ficaram *agradecidos*. Algie lhes contou que pulei do bote para salvar seu filho e eles viam que eu estava destroçado por ter fracassado. Consideravam-me o modelo do verdadeiro inglês. Foram maravilhosos comigo e não tenho como retribuir. Ajudaram-nos a ajeitar as coisas com a seguradora e o equipamento que tomamos emprestado, e o pai de Gus deu um jeitinho para manter a imprensa longe da história. Encontraram um especialista para minhas ulcerações pelo frio e outro que me ajudasse a me adaptar depois que o cirurgião amputou meu pé. Algie lhes contou de meus pesadelos e meu terror do escuro, e eles encontraram um sanatório – em Oxford, o mais distante possível do mar.

Também encontraram uma posição para mim. Estou na Jamaica há nove anos. Trabalho na estação de pesquisa do Jardim Botânico em Castleton. Meus deveres são administrativos e não botânicos. Não tolero mais a física. Ela me horroriza. E as plantas me colocam mais próximo de Gus.

O trabalho é previsível e preciso disto mais do que qualquer outra coisa. Realizo cada tarefa em horas marcadas, segundo o plano semanal que escrevi em meu livro. Meu livro também prescreve horários para refeições, caminhadas, leitura, sono, jardinagem e ver as pessoas. Algie diz que eu fiquei tão ruim quanto um alemão – e ele deve saber, depois de três anos como prisioneiro de guerra –, mas creio que ele compreende. Agarro-me a minha rotina porque a perdi antes. Ela me tranquiliza. Todavia, sei que a segurança é uma ilusão.

Gosto da Jamaica. As noites tropicais têm quase a mesma extensão o ano todo, sem crepúsculos demorados para esfrangalhar os nervos. Gosto das cores vivas em meu jardim: Os lírios do brejo escarlate e as cássias amarelas, os oleandros cor-de-rosa venenosos. Gosto da vida incessante e ruidosa: os insetos e os sapos assoviando, o tagarelar dos pássaros.

Minha casa fica nas colinas, em uma selva de palmeiras e fetos arbóreos, ao lado de uma imensa paineira. Os moradores chamam de *duppy tree*, sendo "duppy" a palavra jamaicana para fantasma. Isto não me incomoda. A ideia local de fantasmas me parece tocantemente ingênua.

Minha varanda tem vista para as montanhas verdejantes. Colibris bebericam as flores que pendem em cortinas dos beirais. Há um jasmineiro – minha cozinheira diz que as flores brancas e cerosas são para os mortos – e uma ervilhaca trepadeira que ela chama "a vigia", porque afasta mau-olhado. A estrada para Castleton é um túnel murmurante de bambus gigantes e isso é bom, porque assim não posso ver o mar. Fica a apenas alguns quilômetros, mas nunca me aproximo, apenas uma vez por ano.

Ainda tenho o diário que escrevi em Gruhuken. Foi encontrado comigo depois que me tiraram do mar. Sentado à minha mesa, vejo-o no alto de minha estante. Está torto e manchado de sal, e imagino minhas palavras dentro dele, derramando-se e misturando-se. Nunca o abri. Jamais abrirei.

A camisa de Gus foi tirada de mim e destruída antes que eu recuperasse a consciência, então não tenho nada dele. Hugo ofereceu-se para me mandar a fotografia tirada de nós em Tromsø, quando vestimos nossos novos trajes de inverno. Eu disse não. Não suportaria ver-nos tão esperançosos e ignorantes.

Ocorre-me que não falei em Bjørvik. A caminho de Longyearbyen, o sr. Eriksson atracou em Wijdefjord e perguntou ao armadilheiro se ele queria partir conosco, mas ele declinou, passaria o inverno ali, como planejado. Pediu que me dissessem que lamentava por meu amigo e que estava aliviado por eu ter sobrevivido. Três dias antes do Natal, dois dos cães, Anadark e Upik, apareceram em seu acampamento. Estavam mortos de fome e apavorados, mas ele cuidou da recuperação de sua saúde e na primavera enviou um recado a Algie, perguntando o que devia fazer. Depois de ponderar comigo, Algie mandou dinheiro a Bjørvik para compensá-lo por tê-los mantido e lhe disse que os considerasse seus, com nossos agradecimentos. Ele os vendeu ao gerente da mina em Longyearbyen por um excelente preço. Fico feliz. Ele é um homem pobre e o dinheiro teria significado muito para ele. E não tenho dúvida de que Upik e Anadark se adaptaram à vida com sua nova matilha.

Dos outros cães – Pakomi, Kiawak, Svarten, Eli e Jens – não se encontrou nenhum rastro.

Isaak está comigo. Os marinheiros o tiraram do mar e naqueles primeiros dias no *Isbjørn* ele nunca saiu do meu lado.

Os cães são uma religião para os pais de Gus, então eles entendem que não podemos nos separar. Depois de Isaak passar meses em quarentena, fomos reunidos e mal nos separamos desde então.

Foi graças a Isaak que fiquei com esta casa, porque ela pega a brisa do mar pela manhã e a da terra à noite. Ele se adaptou surpreendentemente bem ao calor – e com isto quero dizer que ficou preguiçoso. Construí para ele uma pérgola sombreada no jardim, com um espelho d'água, que ele adora. Fazemos nossas caminhadas no frio do amanhecer e, embora não existam coelhos, ele é o terror da comunidade de fuinhas. Duas vezes ao dia, realizamos a cerimônia de catação de carrapatos. Ele adora, porque assim tem toda a minha atenção. Entendeu-se perfeitamente bem com os mastins locais, e alguns filhotes nascidos de cadelas na vizinhança têm a aparência distinta dos huskies.

Não sei o que teria feito sem ele. É meu melhor amigo, a única criatura viva com quem realmente falo e um elo precioso com Gus.

De seu jeito discreto, Algie tornou-se um bom amigo, embora no início eu o tenha culpado; ele nunca deveria ter permitido que Gus fosse na missão de resgate. Depois percebi que Algie já culpa a si mesmo o suficiente, sem que eu precise agravar tudo.

Valorizo sua amizade, mas ele nunca fala de Gruhuken. Jamais fala de sua experiência lá, nem pergunta sobre a minha. Então isto se interpõe sempre entre nós.

Ocasionalmente, correspondo-me com Hugo, mas só o vi uma vez. Não foi um sucesso. Nós dois sabíamos que ele estava de um lado da linha divisória e eu do outro. Porque ele nunca viu Gruhuken.

Minha vida aqui é boa, creio. Só em outubro e novembro tenho uma época ruim. Quando acordo no escuro e estou de volta à noite polar, ouvindo um andar pesado, irregular e molhado.

Todo ano, no aniversário da morte de Gus, faço minha peregrinação a uma praia isolada na costa norte, onde sei que posso ficar sozinho. Vou ao meio-dia, quando o sol está a pino, mas ainda preciso criar coragem para fazê-lo. Durmo mal uma semana antes disso. Mas ainda não deixei de ir lá.

O mar aqui não é nada parecido com o de Gruhuken. Peixinhos mínimos disparam na água turquesa e pelicanos deslizam no alto. Mas é o mesmo mar. E embora eu fique em sua areia branca diante das ondas pequenas e quentes, sei que em Gruhuken é a noite polar mais profunda.

Quando crio coragem, só o que posso fazer é me agachar na beira da água e mergulhar a mão, mantendo-a ali enquanto falo com Gus. É uma espécie de comunhão. Mas é uma comunhão perigosa, pois sei que também estou em comunhão com Gruhuken e com o que caminha lá no escuro.

Quando me sentei para escrever estas linhas, não sabia a quem se destinavam, mas agora sei. Isto é para você, Gus. Assim estão as coisas desde que o perdi.

E talvez amanhã, quando descer ao mar, eu queime estas páginas e espalhe as cinzas nas ondas, e elas chegarão a você, onde quer que esteja.

Recentemente, comecei a me perguntar se talvez seus pais não teriam razão em não me culpar por sua morte. Talvez você não tivesse voltado a Gruhuken para me resgatar, apenas para salvar a expedição. Talvez não sentisse por mim o que eu sentia – o que ainda sinto – por você. Jamais saberei. Mas posso aceitar isto. Não é o pior de tudo. O pior é não saber se você ainda está lá. Você está, Gus? Está lá, naquelas águas negras? Caminha pela praia, na quietude cinzenta e morta entre os ossos? Ou se apagou como uma faísca, extinguindo-se qualquer vestígio? Oh, espero que sim. Não suporto pensar que ainda esteja lá.

Porque sei que jamais voltarei. Nem por você, Gus. Nem mesmo quando me lembro de como foi no início: os araus nos penhascos e as focas deslizando pela água verde, o gelo falando consigo mesmo na baía.

Nota da autora

Fui a Spitsbergen pela primeira vez no verão de 2007, quando viajei de navio por todo o arquipélago, atracando em muitos lugares lindos e desolados, inclusive minas em ruínas e acampamentos de caçadores. Empreendi essa viagem para as experiências de Jack na época do sol da meia-noite e para suas impressões iniciais de Gruhuken. No verão passado, voltei a Spitsbergen – para me familiarizar novamente com os huskies, andar com calçados de neve no escuro e ter a sensação da noite polar.

Com relação a Spitsbergen no início do século XX, inclusive a vida de armadilheiros, foqueiros e aqueles que fizeram expedições científicas às ilhas, estou particularmente em dívida para com o que se segue: *The diaries of Thorleif Bjertnes* (*Nordaustlandet 1933-34)* (traduzido por Lee Carmody, Svalbard Museum, 2000); *Spitsbergen: An account of the exploration, hunting, mineral riches and future potentialities of an arctic archipelago* (R. N. R. Brown, Londres, 1920); *A woman in the polar night* (C. Ritter, Londres, 1955); *With seaplane and sledge in the arctic* (G. Binney, Nova York, 1926); *Under the pole star – The Oxford University Arctic Expedition 1935-6* (A. R. Glen, Londres, 1937).

Porém, preciso deixar claro que os personagens da história são imaginários e não pretendem se assemelhar com quem participou de expedições reais, cuja maior parte teve resultados mais felizes do que a de Jack. E caso alguém esteja tentado a procurar Gruhuken no mapa, ele não existe. Além disso, não deve ser confundido com o promontório de nome Gråhuken, onde a esposa de um caçador formidável certa vez passou o inverno (ver *A woman in the polar night*, já citado). Eu inventei Gruhuken e, até onde sei, sua topografia exata não será encontrada em Spitsbergen.

Gostaria de agradecer ao pessoal de Longyearbyen por seu calor humano e solicitude, em especial meus guias em numerosas ocasiões, bem como a equipe simpática e diligente do fascinante Museu Svalbard. Como sempre, minha gratidão a meus editores da Orion por seu entusiasmo e apoio ilimitados, em particular meu editor Jon Wood e a editora assistente Jade Chandler; e a meu maravilhoso agente, Peter Cox, que me estimulou desde que sugeri a ideia desta história, quase uma década atrás.

Por fim, quero enfatizar que, embora as impressões de Jack sobre Longyearbyen em 1937 fossem deprimentes, o lugar mudou desde então. Sempre achei um lugar delicioso, tanto no verão, como no inverno. Vale uma visita, quer você goste do Ártico ou simplesmente esteja curioso com a experiência de vida no extremo norte.

MICHELLE PAVER, 2010

Impressão e Acabamento:
GRÁFICA STAMPPA LTDA.
Rua João Santana, 44 - Ramos - RJ